HÜTER DER ANGST

Von H.C. Scherf

Thriller

Bibliografische Information der Deutschen Nationalbibliothek:
Die Deutsche Nationalbibliothek verzeichnet diese Publikation in der
Deutschen Nationalbibliografie; detaillierte bibliografische Daten sind im
Internet über http://dnb.dnb.de abrufbar.

HÜTER DER ANGST

Aktives Mitglied im Selfpublisher-Verband e.V.

Covergestaltung: VercoDesign, Unna
Bilder von: jovannig / clipdealer.com
mrkornflakes / clipdealer.com

Herstellung und Verlag:
BoD – Books on Demand, Norderstedt

ISBN: 978-3749410620

HÜTER
DER ANGST

von H.C. Scherf

Du kannst dir nicht aussuchen
wie du stirbst.
Oder wann.
Du kannst nur entscheiden
wie du lebst.

JETZT.

1

Ich habe Angst. Kein Laut durchdrang die Schwärze der Nacht. Selbst die Stimmen der nachtaktiven Tiere waren restlos verstummt. Nur das Pochen ihres Pulses dröhnte in ihren Ohren, als würde jemand darin den Takt auf einer Trommel schlagen. Ein Takt, der anzuschwellen schien. Sie war geneigt, die Hände an den Kopf zu legen, laut zu schreien. *Aufhören - lass es bitte aufhören!* Doch es war nicht nur die Stille, die Helga Weiser lähmte. Ihr gesamter Körper bebte, während sie mit angstgeweiteten Augen auf die ruhig daliegende Fläche des so fürchterlichen Sees starrte. Das Weiß in den Augen ließ ihre braunen Pupillen fast verschwinden. Teile des nahezu mondlosen Sternenhimmels spiegelten sich in dem Wasser, das ihr die Lockrufe zuzurufen schien.

Komm näher – ich warte auf dich. Tu es – es ist doch nur noch ein einziger Schritt.

Doch ihr bebender Körper ließ keine weitere Bewegung zu, hielt sie von dieser allerletzten, entscheidenden Aktion zurück. Der offenstehende Mund war darum bemüht, einen Satz zu formulieren, zu schreien. Nichts. Kein Laut verließ die zitternden Lippen. Stattdessen durchschnitten die leise gesprochenen, fast sanften Worte hinter ihr die Lautlosigkeit wie ein Schwert. Als sie die Stimme vernahm, entfuhr Helgas Mund lediglich ein fast stummes Stöhnen. Das Zittern verstärkte sich.

»Du darfst jetzt nicht zurückweichen. Es ist deine letzte Chance, es endgültig zu überwinden. Tust du es jetzt nicht, wirst du es für den Rest deines Lebens mit dir herumtragen. Es wird dir helfen, deine Phobie für immer zu überwinden. Wir haben doch schon so oft darüber gesprochen. Hast du das vergessen?«

Helga verkrampfte die Hände zu Fäusten, öffnete und schloss sie wieder, immer schneller werdend. Der Atem kam pfeifend aus ihrem Rachen und verdampfte in kleinen Wolken in der kalten Luft, die über dem See lag. Ihre Lippen glichen einem Strich. *Niemals werde ich in dieses Wasser springen. Niemals! Ich will hier weg!*

Gerne hätte sie es über den See geschrien, doch ihre Stimmbänder versagten den Dienst. Nur die Gedanken lärmten durch ihren Schädel, wollten ihn sprengen. Wieder aus den Tiefen ihres Bewusstseins zurück, drangen die Worte in sie ein.

»Du hast es dir versprochen, Helga. Weißt du das nicht mehr? Du hast verstanden, dass dieses Wasser dich tragen wird. Du wirst nicht ertrinken, wenn du tust, was ich dir gesagt habe. Du bist stärker als dieser See. Er bedeutet keine Gefahr für dich, weil du gegen ihn kämpfen und auch siegen wirst. Vertraue auf deine gewaltige Kraft. Nur noch dieser eine Schritt.«

Es war genau der Augenblick, in dem Helga glaubte, dass der See sein riesiges, zahnbewehrtes Maul weit aufsperrte, um sie zu verschlingen. Sie spürte diese kleine Berührung kaum, die aber ausreichte, um sie in das kalte Wasser stürzen zu lassen. Nun löste sich endlich ihre Starre. Der Schrei, der ihre angestaute Verzweiflung mit einer Urgewalt herausließ, schallte über die Oberfläche des Sees, der den Leib dieser Frau gierig in sich aufnahm. Vorbei war es mit der Lautlosigkeit der Nacht. Die Wasseroberfläche schäumte, als Helga Weiser wild um sich schlug, versuchte, das Gesicht über der Oberfläche zu halten. Mit jedem Atemzug floss gleichzeitig diese dunkle, todbringende Flüssigkeit in ihre Lungen, brachte sie zum Husten. Die Abstände, in denen sie gurgelnd auftauchte, wurden immer länger.

Ein satanisches Lächeln umspielte den Mund der Person, die einen Schritt näher an das Ufer getreten war. Die Wellen, die sich zuvor noch kreisförmig ausbreiteten, versiegten nun endgültig. Schemenhaft war der absinkende Körper von Helga Weiser noch unter der Oberfläche zu erkennen. Ihre Hand reckte sich wie mahnend zum Himmel, bevor sie völlig in der Tiefe verschwand. Unschuldig lag der See da. So, als wäre nichts geschehen. Nur das Flüstern blieb zurück, als ein Schatten im Dunkel der Nacht verschwand.

»Du hättest es schaffen können. Ja, es wäre vielleicht möglich gewesen.«

2

Polizeimeisterin Roszek versuchte, das Absperrband so hoch wie eben möglich zu halten, als sie den Weg für Hauptkommissar Peter Liebig freimachte. Es gelang ihr nur ansatzweise, als der großgewachsene Mann sich darunter duckte. Ein tiefes Brummen sollte wohl seinen Dank und einen morgendlichen Gruß vereinen, bevor er die Frage an die aufmerksame Beamtin richtete.

»Wo ist die Leiche?«

Sein Blick folgte dem ausgestreckten Arm der Polizistin. Mit ausladenden Schritten bewegte er sich auf die Buschreihe zu, hinter der er nun Bewegungen und Personen erkannte. Mindestens ein Dutzend Männer und Frauen der Kriminaltechnik waren damit beschäftigt, den Fundort abzusuchen. Mitten im Gewusel erkannte Liebig den Mann, dessen Meinung ihm schon oft in anderen Fällen die schnelle Lösung eines Falles ermöglicht hatte. Ralf Schiller legte keinen Wert auf seinen Doktortitel, wollte auch nicht, dass man ihn damit ansprach. Er hielt die Forderung nach Nennung des akademischen Titels schlechthin für dekadent. In seinen Augen stellte dieser absolut kein Indiz für Fachkompetenz dar. Als hätte er schon längst bemerkt, dass Hauptkommissar Liebig hinter ihm stand, begann er ohne weitere Aufforderung mit der Analyse.

Jeder, der ihn länger kannte, hatte sich bereits an diese piepsige Stimme gewöhnt, die irgendwo aus den Tiefen des Rauschebartes erklang und beeindruckend exakt die ersten Eindrücke preisgab.

»Das Opfer ist weiblich, schätzungsweise zwischen achtundzwanzig und vierunddreißig. Weiterhin denke ich, dass sie um die hundertsechzig Zentimeter groß ist und etwa fünfundsechzig Kilo wiegt. Der Todeszeitpunkt dürfte etwa zwei Tage zurückliegen, da der Kopf im Bereich der Hypostase schon fast blauviolett verfärbt und angeschwollen ist. Allerdings erkenne ich noch kein Durchschlagen des Venennetzes an der Brusthaut. Die Waschhautausbildung hat bereits die Hohlhand erreicht, was meine Einschätzung untermauern dürfte.«

Schiller erhob sich nun und zerrte die Latexhandschuhe von den Fingern. Erleichtert stellte der nur knapp einhundertsiebzig Zentimeter messende Schiller fest, dass der Hauptkommissar in einer Senke stand, sodass er nicht allzu sehr zu ihm hochsehen musste.

»Guten Morgen Liebig. Ihnen war doch bestimmt schon langweilig, so ganz ohne Leiche, oder? Der letzte Mord dürfte doch schon vierzehn Tage zurückliegen, wenn ich mich recht erinnere. Nun ja, sei´s drum. Übrigens – der neue Kurzhaarschnitt steht Ihnen gut. Viel besser als der gegelte Haarschopf vorher. Nun zur Sache. Die Dame dürfte meiner Einschätzung nach ertrunken sein. Genau kann ich das aber erst nach der Obduktion sagen. Der

Mageninhalt und die Lunge werden mir Gewissheit verschaffen. Bisher wage ich jedoch die Behauptung, dass diese Frau nicht hier den Tod fand, sondern weiter oberhalb der Ruhr. Am linken Teil des Gesichtes weisen Schürfwunden darauf hin, dass sie, während die Strömung sie weitertrieb, irgendwo angestoßen sein müsste. Ein Ast eines Baumes oder etwa ein Stein an der Uferbefestigung. Wer weiß?«

Liebig nutzte die kurze Pause, um dem Mediziner die Hand zu reichen.

»Ich wünsche Ihnen ebenfalls einen guten Morgen. Sie werden wohl magisch vom Tod angezogen, wenn ich mir Ihr frühes Erscheinen am Fundort erklären sollte. Eigentlich haben Sie schon sämtliche Fragen beantwortet, die ich Ihnen gestellt hätte. Gibt es sonst noch verwertbare Hinweise?«

Peter Liebig beugte sich nun ebenfalls hinunter zur Leiche, der er eine lange Strähne des immer noch nassen Haares vorsichtig zur Seite strich.

»Das muss einmal eine sehr attraktive Frau gewesen sein. Sie trägt auch verdammt teure Klamotten. Ein Schuh fehlt. Vielleicht haben wir Glück und finden den anderen, den sie eventuell da verloren hat, wo sie ins Wasser geraten ist. Wir werden also das Ufer stromaufwärts absuchen müssen. Was glauben Sie, Schiller? Sieht das nach einem Suizid aus oder ist sie ertränkt worden? Man fällt doch nicht so ohne Weiteres in den See mit voller Montur, ohne dass es jemand bemerkt und meldet. Irgendwelche Verletzungen?«

»Da will ich mich nicht so weit aus dem Fenster lehnen, bevor ich die Frau auf dem Tisch habe. Bisher konnte ich zumindest keine Wunden feststellen, die auf einen Kampf hinweisen. Aber vielleicht finde ich ja noch Hautpartikel unter den Fingernägeln. Allerdings ist kein Nagel abgebrochen. Es deutet doch viel auf Suizid hin.«

Schiller fuhr sich mit den schmalen Händen über den kahlen Schädel, was er immer dann tat, wenn er sich über etwas ärgerte oder wenn er begann, zu philosophieren.

»Verdammt. Warum tut man sich so was Schreckliches an? Es gibt bestimmt bessere Methoden, sich umzubringen. Die meisten Menschen wissen vorher gar nicht, dass dieser Todeskampf im Wasser zwischen drei und fünf Minuten dauern kann. Du tauchst ja immer wieder auf, weil dich dein aufkeimender Selbsterhaltungstrieb zum Schwimmen zwingt. Du möchtest plötzlich nicht mehr sterben, willst weiteratmen. Der Organismus nimmt damit immer wieder neuen Sauerstoff auf, der dein Leiden verlängert. Das kann für einen geübten Schwimmer eine langwierige Angelegenheit werden. Scheiße, das wäre das Letzte, was ich mir zum Sterben aussuchen würde.«

Die umstehenden, ansonsten abgebrühten Beamten hingen fasziniert, aber mit zusammengezogenen Schultern, an Schillers Lippen. Sie kannten bereits die bissigen Kommentare dieses begnadeten Gerichtsmediziners. Der eine oder andere wandte sich ab, als sie sich diesen Todeskampf bildhaft vorstellten.

»Was glauben Sie, Schiller? Kann ich morgen früh schon ...?«

»Jetzt mal langsam, junger Mann. Ein alter Mann ist doch kein Rennpferd mehr. Sorgen Sie erst einmal dafür, dass mir die Frau auf den Tisch kommt, dann sehen wir weiter. Ich rufe Sie selbstverständlich sofort und als Ersten an, wenn ich mit der Beschauung durch bin. In der Zeit könnten Sie ja Ihren Job machen und herausfinden, welches Schätzchen ich aufschneide. Die Frau wird doch sicher schon vermisst, vor allem wenn man dermaßen gut aussah. Lassen wir uns also die Sache angehen, Herr Hauptkommissar.«

Es gab ein kurioses Bild ab, als die beiden Männer gemeinsam den Fundort verließen und auf die Fahrzeuge zuliefen. Peter Liebig, der den Mediziner um mindestens eine Haupteslänge überragte, hatte seinen Arm freundschaftlich um die Schulter Schillers gelegt. Dieses Duo war eingespielt und hatte sich in der Vergangenheit bereits zur absoluten Nummer eins in der Aufklärungsstatistik des Morddezernates emporgearbeitet.

3

»Chef, da will Sie jemand sprechen – ein gewisser Roland Weiser. Er bezieht sich auf die Berichterstattung in der Zeitung über die Frau aus dem See. Er behauptet, dass es seine Schwester sein könnte. Soll ich ihn ...?«

Peter Liebig studierte weiter die Listen der vermissten Frauen der letzten Wochen. Hin und wieder überfuhr er bestimmte Stellen mit dem Marker. Nur kurz sah er hoch und deutete ein Nicken an, was Rita Momsen, seine jugendliche Praktikantin, als Zustimmung wertete. Es dauerte nur wenige Minuten bis sie in Begleitung eines elegant gekleideten Mannes wieder vor Liebigs Schreibtisch stand. Stumm wies sie auf den Holzstuhl, der vor dem Schreibtisch stand, verschwand schließlich wieder in ihrem kleinen Nebenraum, der ihr als Büro diente. Durch einen freien Streifen der Milchglasscheibe beobachtete sie das weitere Geschehen. Gerne verglich sie andere Männer mit ihrem Chef, in den sie sich ein klein wenig verguckt hatte. Nein, er war nicht als schön zu bezeichnen, aber trotzdem auf eine besondere Art anziehend. Aus Gesprächen heraus wusste sie, dass es in seinem Leben nach dem gewaltsamen Tod seiner Frau vor zehn Jahren nie wieder eine andere Beziehung gegeben haben soll. So zumindest die Gerüchte. Erst als Liebig aufsah und den Besucher begrüßte, widmete sie sich wieder dem Computer, der ihr Tabellen zeigte, die sie überprüfen sollte.

»Ich hörte, dass Sie Ihre Schwester vermissen und vermuten, dass sie möglicherweise die Tote vom See sein könnte. Die Beschreibung der Frau haben Sie, so denke ich, schon aus den Pressenachrichten entnommen? Ich werde Ihnen natürlich gleich ein Bild zeigen. Doch zuvor würde mich interessieren, wie Sie darauf kommen, dass ausgerechnet Ihre Schwester ...«

Liebig stockte, als er in die traurig dreinblickenden Augen seines Gegenübers blickte, der von einer scheinbaren Unruhe getrieben, ständig blinzelte. Niemals hätte er diesem Mann, der beim Eintreten einen ungemein selbstsicheren Eindruck machte, diese deutlich sichtbaren Emotionen zugetraut. Seine Erscheinung verband Liebig eher mit dem kalten Bild, das man sich von einem Banker machte. Etwas irritiert tastete Liebig nach der Fotomappe und wartete auf eine Antwort.

»Sie ... sie machte schon seit längerer Zeit solche seltsamen Andeutungen. Ich weiß nicht, wie ich es erklären soll. Sie hatte ihren Lebensmut einfach verloren. Ihr Mann, ich meine ihr Freund, hat sie schon wegen dieser Depressionen verlassen.«

»Was denn nun? Mann oder Freund? Da müssen wir unbedingt Klarheit haben. Wie lange vermissen Sie Ihre Schwester schon? Und wann haben Sie sie denn zum letzten Mal gesehen oder gesprochen?«

14

Immer noch ruhte Liebigs Hand auf der Mappe, in der sich die unschönen Fotos der Wasserleiche befanden. Sein forschender Blick fixierte gleichzeitig den Mann, der, aus welchen Gründen auch immer, vermutete, dass seine Schwester den Tod im See gefunden hatte. Spontan entschied er sich dazu, Weiser das schockierende Bild der Toten vorzulegen. Einen Augenblick meinte er, eine kaum wahrnehmbare Veränderung im Gesicht Weisers erkannt zu haben, was jedoch vom jähen Schock abgelöst wurde. Das konnte nicht vorgespielt sein. Der Mann war sichtlich betroffen und schlug beide Hände vor das Gesicht. Liebig ließ ihm ausreichend Zeit, das Gesehene zu verarbeiten, bevor er mit dem Finger auf das Foto tippte.

»Ist sie das? Ist das Ihre Schwester, Herr Weiser? Es tut mir leid, dass ich Sie damit quälen muss, aber wir müssen in diesem Punkt absolut sicher sein. Wir müssten Sie eventuell sogar später darum bitten, Ihre Schwester zu identifizieren. Dazu müssten wir ins Klinikum, zur Gerichtsmedizin. Allerdings besteht auch die Möglichkeit, das per DNA-Vergleich zu bewerkstelligen.

Ach, wie ich sehe, bekommen wir Besuch, der wie gerufen auf der Bildfläche erscheint. Darf ich die Herren bekannt machen. Das ist unser Gerichtsmediziner Ralf Schiller. Hier vor mir sitzt Herr Weiser, der glaubt, seine Schwester auf dem Bild erkannt zu haben. Setzen Sie sich zu uns, Herr Schiller.«

Die beiden Männer nickten sich zu, ohne weitere Begrüßung. Schiller zog sich vom Nebentisch einen Stuhl heran und beobachtete Weiser, der allmählich wieder seine Fassung zurückgewann. Nun war es Schiller, der die Frage an Weiser wiederholte.

»Sind Sie sich ganz sicher, Herr Weiser? Gibt es irgendetwas an Ihrer Schwester, mit dem man sie unverkennbar identifizieren könnte? Ich meine, irgendein Merkmal vielleicht?«

»Dieses große Muttermal wäre da möglicherweise zu nennen.«

»Ein Muttermal? Wo würden wir das denn finden? Wissen Sie das noch?«

Die beiden Kriminalisten wechselten einen Blick, während Weiser nach einer Antwort suchte. Sie warteten geduldig.

»Es ist ... sie hat dieses Muttermal direkt neben ihrer ... neben der Scheide eben, am Oberschenkel.«

Roland Weiser beeilte sich, eine Erklärung nachzuschieben, als er das Erstaunen bei den Beamten feststellte.

»Unsere Mutter erzählte einmal am Tisch davon. Monika rastete beinahe aus, da sie das als großes Geheimnis bewahren wollte. Sie sah es als Makel ... sozusagen als Zeichen des Satans. Verstehen Sie? Darin lag auch der Grund, warum sie nie einen Badeanzug anzog, nie schwimmen lernen wollte. Es war schon verrückt, wie sie mit diesem harmlosen Muttermal umging. Sicher, es war schon mehr als daumennagelgroß, aber das war doch keine Schande.«

Wieder tauschten Liebig und Schiller stumme Blicke aus, bevor sich Liebig mit einer erneuten Frage an Weiser wandte.

16

»Sehen Sie eventuell darin einen Grund, dass sie, ich meine Monika, ins Wasser ging?«

Mit großem Erstaunen sahen die Männer, wie Weiser hochfuhr und fast überlaut reagierte.

»Niemals ... niemals wäre Monika auch nur wenige Meter an den Rand eines Gewässers getreten. Sie wäre eher durch ein Feuer gegangen, aber auf keinen Fall ins Wasser. Sie besaß eine panische Angst vor tiefen Gewässern. Sie können sich nicht vorstellen, wie sie reagierte, wenn wir als Kinder mit den Eltern in den Urlaub fuhren und sie mitbekam, dass sich ein See in der Nähe befand. Monika vermied sogar, jetzt lachen Sie bitte nicht, meine Herren, in eine hochgefüllte Wanne zu steigen. Sie duschte immer nur. Ich hasste sie manchmal dafür, denn dadurch machten wir niemals richtigen Badeurlaub am Meer.«

»Das ist in der Tat ungewöhnlich, aber wir wissen, dass es solche Phobien gibt. Im Fall Ihrer Schwester nennt man das eine Aquaphobie oder Hydrophobie. Doch so extrem wie bei Ihrer Schwester ist es zumindest mir noch nicht untergekommen.«

Peter Liebig stoppte den Mediziner, da er wusste, wie gerne dieser sympathische Glatzkopf seine medizinischen Monologe in die Welt hinaustrug.

»Gab es noch Kontakt zu dem ehemaligen Freund? Hat sich Ihre Schwester zwischenzeitlich jemand anderem zugewandt? Kurz gesagt, gab es derzeit Kontakte zu Freunden, zur Familie? Ich brauche Namen.«

»Moni hat sich in den letzten Monaten komplett zurückgezogen, gab sogar ihren Job auf. Es ist möglich, dass sie genau deswegen gefeuert wurde. Sie sprach nicht darüber. Selbst der Kontakt zur Familie fand nicht mehr statt. Wir telefonierten zuletzt ... warten Sie ... ich glaube in der letzten Woche. Kann ich aber in meiner Anrufliste nachsehen. Wir haben uns sogar dabei gestritten, weil sie ihre, ich meine, unsere Mutter beschimpfte. Sie meinte, dass sie die Schuld mit daran trüge, dass sie diese Phobie besäße. Total bescheuert, weil Mutter immer mit ihr zum Schwimmunterricht wollte. Moni war es, die das wegen ihrer *Verunstaltung*, wie sie es nannte, nicht annahm.«

Roland Weiser knetete seine Hände ohne Unterlass, was dem gewieften Kriminalisten nicht entging.

»Haben Sie die Möglichkeit, Monikas Wohnung zu öffnen, damit wir uns umsehen können? Wir fanden bei ihr keinen Schlüssel. Wir dürfen in solchen Fällen die Möglichkeit einer Straftat nicht außer acht lassen. Schließlich klingt das Ganze mysteriös, zumal Ihre Schwester keinen Kontakt zum Wasser suchte. Wir gehen bei Suizid in der Regel davon aus, dass der oder die Verstorbene einen Abschiedsbrief hinterließ. Das würde vielleicht vieles erklären. Vorher möchten wir Sie aber bitten, Ihre Schwester in der Gerichtsmedizin zu identifizieren. Ich erwähnte ja schon, dass Sie das nicht müssen, aber es würde uns den Vorgang bis zum DNA-Abgleich verkürzen.«

»Ich habe einen Schlüssel, von dem Moni allerdings nichts wusste. Können wir das schnell hinter uns bringen? Ich spüre, dass ich unbedingt Ruhe und etwas Abstand brauche, jetzt, wo ich Gewissheit habe, was mit ihr passiert ist.«

4

Das Licht der untergehenden Sonne warf einen rotschimmernden Mantel über den Grugapark, der von hier oben besonders attraktiv und einladend wirkte. Die gewaltigen Blumenfelder und sonstigen Beete breiteten sich in voller Pracht vor den Augen der Besucher aus. Dafür zeigte Sarah Monk in diesem Augenblick jedoch keinerlei Interesse. Ihr Blick war ausschließlich auf die übergroße, stilisierte Tulpe über ihr gerichtet, die dem imposanten Parkturm, schon seit der zweiten Gartenbau-Ausstellung 1952 ein unverkennbares Wiedererkennungsmerkmal verlieh. Sie vermied es krampfhaft, von der Aussichtsplattform auf den Park hinunterzusehen, der immerhin etwa neunundzwanzig Meter unter ihr lag.

Die letzten Besucher hatten die obere Plattform längst verlassen, da die Öffnungszeit zumindest für den Turm in wenigen Minuten ablief. Im Grugaturm und auf den Flächen drumherum ebbte der Besucherstrom mittlerweile ab und es wurde still um die beiden Menschen, die sich fast wie Verliebte an den Händen hielten.

Ich will hier weg. Ich schaffe das nicht. Mein Gott, was tue ich nur hier oben?

Die Knöchel ihrer Finger traten weiß hervor, dermaßen verkrampfte sie ihre Hand um die der Begleitung. Deren Blick war starr auf Sarahs Nacken gerichtet. Die kaum verständlichen Worte drangen tief in Sarahs Bewusstsein, lösten weitere Panik aus, verstärkten diese sogar.

»Du wirst es so niemals schaffen. Natürlich hilft es dir, eine Weile den Blick nach oben zu richten. Das hast du bis jetzt sehr gut gemacht. Ich bin so unendlich stolz auf dich. Du musst allerdings jetzt auch den nächsten, den wichtigsten Schritt tun. Die Tiefe tut dir nichts, sie greift dich nicht an, ignoriere sie einfach. Es ist nur eine Dimension, die ohne jedes Leben ist. Wir haben doch gelernt, wie wir uns entspannen. Du erinnerst dich sicher daran. Tue es jetzt und hier. Lass die Angst einfach auf dich einwirken, sie wird kurze Zeit später verschwinden. Lache sie aus. Sie bedroht dich nicht auf Dauer. Nur dein Kopf sagt dir, dass es so ist. Mach die Augen auf und lass es zu, dass sie dich überfällt. Du bist stärker als diese Angst, das merkt sie und gibt immer mehr nach.«

Sarahs Lider schlossen sich für einen Moment, in dem sie versuchte, ihre Muskeln zu entspannen. Leise summte sie einen ihrer Lieblingssongs. Das Zittern in den Gliedern ebbte unendlich langsam ab, verschwand schließlich. Ein zufriedenes Lächeln stahl sich um ihren Mund, als sie den Erfolg der Übung verspürte. Durch ihre flatternden Lider tauchte ein Teil des blutroten Himmels auf, der erstaunlicherweise sogar beruhigend auf sie wirkte. Selbst die Tulpe, von der sie wusste, dass sie die Spitze eines Turmes begrenzte, flößte ihr keine Angst mehr ein.

Als würde ihr Kopf an einer Schnur gezogen, drehte sie sich Richtung Geländer, das sie nun mit beiden Händen fest umfasste. Immer noch erfasste ihr Blick nur den Himmel, an dem in diesem Augenblick zwei Krähen den Kampf um Futter ausfochten. Das Krächzen störte Sarah zwar in ihrer Konzentration, doch ihr Wille, das Unmögliche zu schaffen war ungebrochen. Ihre Pupillen suchten nun den Horizont, weit hinter den sich auftürmenden Wolken. Den einsetzenden Schwindel versuchte sie dadurch zu reduzieren, dass sie mehrfach tief ein- und ausatmete. Das Beben in den Beinen zog sich unendlich langsam aus den Waden in die Oberschenkel. Sie spürte den Druck der Hand ihrer Begleitung auf der ihren. Es wurde besser.

Ich schaffe das! Angst, ich werde dich besiegen und dort hinunterschauen. Nie wieder sollst du von mir Besitz ergreifen!

In dem Augenblick, als sie die Augen vollends öffnete und den Blick nach unten richtete, stockte ihr der Atem. Ihre Füße verloren den Halt auf dem stumpfen Boden und wurden nach hinten weggerissen. Ihr Kopf neigte sich über das Geländer, die Hände versuchten, den Griff am Geländer zu verstärken. Doch konnte sie nicht verhindern, dass sie kopfüber von der Plattform aus in die Tiefe gerissen wurde. Der fast lautlose Schrei, den sie im Fallen ausstieß, verhallte im Gezeter der kämpfenden Krähen. Ein kurzes Geländer, auf dem sie aufschlug, stoppte ihren Fall, spaltete jedoch auch ihren Schädel. Das austretende, einst lebensspendende Blut versickerte im Rasen. Den Aufprall des restlichen Körpers hatte ein Sterndoldenstrauch gedämpft. Sarahs Begleitung lächelte zufrieden und schlug die Kapuze der Joggingjacke über den Kopf. Der Parkwächter, der die Eingangstür des Turms abschloss, sah nur noch den langen Schatten einer Person, die sich mit ruhigen Schritten und mit in den Hosentaschen vergrabenen Händen zum Parkausgang bewegte.

5

»Ich möchte Sie darum bitten, nichts anzufassen, Herr Weiser. Die Leute werden Zimmer für Zimmer durchsuchen und eventuell Dinge, die wir als wichtig erachten, sicherstellen. Setzen Sie sich einfach dort in den Sessel und warten Sie ab.«

Schon wollte sich Peter Liebig abwenden, als er sich ein weiteres Mal an Weiser wandte, der es sich schon in dem Sessel gemütlich gemacht hatte.

»Sie sagten uns, dass Sie schon lange nicht mehr in dieser Wohnung waren. Trotzdem die Frage an Sie: Fällt Ihnen spontan etwas Ungewöhnliches auf, das gegenüber Ihrem letzten Aufenthalt vielleicht verändert wurde? Entdecken Sie eventuell noch irgendwelche Bilder mit dem ehemaligen Freund? Haben Sie übrigens den Namen und womöglich die Adresse des Mannes? Es gehört in solchen Fällen zur Routine, auch frühere Bekannte zu befragen. Oft erfahren wir dadurch mehr über die Beweggründe der Suizidopfer.«

Weiser zog die Stirn in Falten, schien angestrengt nachzudenken. Dabei sah er sich im Zimmer um, betrachtete jeden Gegenstand genau.

»Nein, ich glaube nicht, dass ich Ihnen hier in der Wohnung Hinweise liefern kann. Aber geben Sie mir etwas Zeit, ich werde weiter nach dem Namen suchen. Mir schwebt da ein Bild des Freundes vor, der Name will mir aber spontan nicht einfallen. Ich überlege noch, während Sie sich umsehen, Herr Liebig.«

Aus den Räumen der Drei-Raum-Wohnung erreichten die Männer Geräusche der suchenden Kriminaltechniker. Peter Liebig nickte zustimmend und zog die oberste Schublade eines weißen Sideboards auf. Erst in der dritten wurde er fündig und zog eine Mappe heraus, die mit Fotos angefüllt war. Seine mit Handschuhen geschützten Finger wühlten durch etliche Aufnahmen, bis er bei einem Urlaubsbild länger hinsah. Es zeigte definitiv Helga Weiser in Begleitung eines etwa gleichaltrigen Mannes, der ihr freundschaftlich mit der Hand durch die langen, blonden Locken fuhr. Beide standen am Rande eines Bergabhangs, schienen ihren Ausflug sichtlich zu genießen. Liebig drehte sich um und hielt das Foto Weiser vor das Gesicht.

»Ja, ich glaube, das ist ihr ehemaliger Freund. Monika erzählte mir damals davon, dass sie mit ihm eine Tour durch die Pyrenäen machen wollte. Ich glaube, das war ...«

»... 2016 war das. Steht hinten drauf. Warten Sie, da hat jemand noch mehr geschrieben. *Hier lese ich noch: Als Erinnerung an Piau-Engaly, dein David.* Sagt Ihnen das was?«

Weisers Gesicht hellte sich auf. Immer wieder tippte er mit dem Zeigefinger auf das Bild, das Liebig vor ihm auf den Tisch gelegt hatte. Die Erleuchtung kam dann plötzlich.

»David ... David Parterre. Nein, warten Sie, es war ein Getränk, ein französisches ...«

»Vielleicht Pastis? Könnte es Pastis gewesen sein?«

»Ja, genau. Er hieß David Pastise. Ich weiß nun wieder, dass sie sich darüber lustig machte. Stellen Sie sich mal vor, Sie würden Wodka heißen? Wäre doch auch nicht unbedingt angenehm, oder?«

Peter Liebig deutete ein Lächeln an und setzte sich Weiser gegenüber auf das Sofa.

»Können Sie mir etwas mehr über deren Beziehung erzählen? War das was Ernstes oder würden Sie das als flüchtige Bekanntschaft bezeichnen? Schließlich fährt man ja nicht mit Irgendwem in Urlaub. Wie standen die beiden zueinander?«

»Ich muss zugeben, dass Monika diesbezüglich sehr zurückhaltend war, also wenig erzählte. Doch nach meinem Gefühl war da schon mehr als bei sonstigen Abenteuern. Da stand immer ein besonderer Glanz in den Augen, wenn sie mal über David sprach. Ich weiß noch, als sie ihn zum ersten Mal präsentierte. Sie kam mit ihm zu Besuch, direkt, nachdem sie aus der Gruppe kam.«

»Gruppe? Sie sprachen gerade von einer Gruppe. War sie sportlich aktiv oder welcher Art war das?«

Weiser lehnte sich zurück und öffnete den Schlips, der bis jetzt den Kragen exakt verschloss.

»Sie besuchte monatelang eine Selbsthilfegruppe. Sie wollte endlich selbst etwas unternehmen, um diese quälende Angst vor dem Wasser loszuwerden. Sie sprach mal davon, dass sie gute Fortschritte machte und sie dabei tolle Menschen kennenlernen durfte. Unter anderem diesen David. Kurz danach kam es dann zum endgültigen Bruch mit der Familie.«

Hauptkommissar Liebig war nun hellwach und kramte nach einem Stift.

»Wissen Sie zufällig, wo wir diese Selbsthilfegruppe finden können?«

»Nein, Herr Liebig. Aber ich weiß genau, dass sich dort ein bekannter Psychotherapeut einbrachte. Er ist meistens in den Sitzungen dabei und gibt Hilfestellung. Ich habe sogar den Namen, wenn Sie möchten. Ich wollte selbst mal seine Hilfe in Anspruch nehmen, da ich eine Zeit lang Probleme hatte, Vorträge ohne Lampenfieber zu halten. Ein guter Mann, kann ich Ihnen versichern.«

Liebig nickte zufrieden und schrieb die Neuigkeiten in sein Notizbuch. Er wollte gerade eine weitere Frage loswerden, als ihn das Klingeln seines Telefons unterbrach. Er schielte auf die Anzeige, auf der ein bekannter Name auftauchte.

»Heute sind Sie aber spät dran, mein lieber Schiller. Verschlafen? Was gibt es so Dringendes?«

Weiser konnte die Antwort des Arztes deutlich hören, bevor Liebig aufstand und in der Diele verschwand. Er musste grinsen, als der Polizist sich entfernte.

»Nun ja, da Sie ja im Zölibat leben, kann ich mir sicher sein, Sie nicht bei einem Tête-à-Tête zu stören. Nun aber im Ernst. Wir haben eine weitere Leiche.«

»Was soll das heißen? Wieder im See? Wiederholt sich jetzt bei uns das Jonestown-Massaker von 1978 in Guyana? Das wird schwierig, die 909 Toten zu übertreffen. Erzählen Sie.«

Nach einer kurzen Pause meldete sich Schiller wieder.

»Ich bewundere immer wieder Ihren äußerst schwarzen Humor und Ihr Gedächtnis in Bezug auf solche schrecklichen Ereignisse. Es ist nicht der See. Aber in einem Punkt haben Sie recht. Es riecht wieder nach Suizid. Doch wenn Sie mich fragen, mir stinkt die Sache etwas, obwohl ich noch keinen Beweis für äußere Gewaltanwendung finden konnte. Die Frau ist scheinbar vom Grugaturm gesprungen oder gesprungen worden. Das dürfte schwer nachzuweisen sein, da ihr Schädel fast völlig zertrümmert wurde, als sie aufschlug. Ich denke, Sie sollten sich das ansehen.«

Jetzt war es Schiller, der auf eine Antwort warten musste, die dann recht kurz auffiel.

»Scheiße. Was ist im Augenblick mit den Menschen los? Wissen die mehr als wir? Naht jetzt doch der Weltuntergang? Ich komm hin, Schiller.«

Nachdenklich tauchte Liebig wieder vor dem wartenden Roland Weiser auf. Er hielt ihm die offene Hand entgegen.

»Hören Sie, Herr Weiser. Ich muss dringend weg. Haben Sie etwas dagegen, wenn ich den Türschlüssel Ihrer Schwester vorerst an mich nehme, damit wir zu einem späteren Zeitpunkt wieder die Wohnung betreten können? Sie möchte ich darum bitten, jetzt zu gehen. Ich habe Ihre Nummer und werde mich bei Rückfragen an Sie wenden.

Hier ist meine Karte, falls Sie noch Informationen für mich haben, die zur Aufklärung der Todesursache beitragen könnten. Zum jetzigen Zeitpunkt war's das und ich bedanke mich für Ihre Mitarbeit. Nun muss ich aber dringend weg.«

Weiser machte keine Anstalten, sich zu erheben, kramte aber den Schlüssel aus der Hosentasche und reichte ihn an.

»Wieder ein Suizid?«

»Wie kommen Sie auf den Gedanken, Herr Weiser?«

»Ich habe Ohren, Herr Hauptkommissar. Ich kenne Jonestown und die Geschichte um den Kongressabgeordneten Leo Joseph Ryan auch. Er hätte Jim Jones und seine Sekte damals aufhalten können. Den Fehler konnte er sich nie verzeihen. Aber damals war meines Wissens Zyankali im Spiel. Ist das hier auch der Fall?«

Liebig war unschwer anzumerken, dass ihn die Frage überraschte.

»Ich muss zugeben, dass mich Ihr Fachwissen schon ein wenig irritiert. Wie kommt es, dass Sie diese spezifischen Kenntnisse über die damaligen, schrecklichen Ereignisse besitzen? Das ist schon etwas ungewöhnlich.«

Das fast schon überhebliche Lächeln in Weisers Gesicht trug nicht unbedingt dazu bei, den Hauptkommissar zu beruhigen.

»Ich kann mir das gut vorstellen. Aber Sie müssen wissen, dass ich bis vor einiger Zeit mit dem Gedanken spielte, mich schriftstellerisch im Genre der Krimis und Thriller zu betätigen. Mich faszinierten diese gruseligen Begebenheiten aus der jüngeren Geschichte schon immer.

Vor allem in den Staaten gab es diesbezüglich viel zu erforschen. Denken Sie nur an solche Massenmörder wie Charles Manson, der 1969 unter anderem die Ermordung von Sharon Tate anordnete. Nun ja, den hat es ja 2017 endlich in Bakersfield hingerafft.«

»Lassen Sie es gut sein, Herr Weiser. Vielleicht haben wir ja später einmal Gelegenheit, uns dazu auszutauschen. Sie haben recht, dass die amerikanische Geschichte einige dieser Bestien hervorbrachte. Doch jetzt muss ich Sie darum bitten, zu gehen, damit die Leute hier ihre Arbeit erledigen können. Kommen Sie.«

Auf der Treppe drehte sich Liebig noch einmal zu seinem Zeugen um.

»Ach, ich vergaß, Sie nach dem Namen des Psychotherapeuten zu fragen. Den wollten Sie mir noch geben. Ich höre.«

»Das ist Dr. Hartmut Ruschtin.«

»Das klingt ein wenig indisch, oder täusche ich mich in dem Punkt?«

Die Frage ließ Weiser unbeantwortet und trat wortlos an Liebig vorbei auf die Straße.

6

»Gott noch mal, der Kopf ist ja fast vollständig abgetrennt. Habt ihr die Lage verändert, oder ist das noch die Originalposition?«

Selbst der abgebrühte Hauptkommissar musste sich für einen Augenblick abwenden und einen Kloß hinunterschlucken. Schiller kniete voll konzentriert neben der Frauenleiche und zog einige Knochensplitter aus dem völlig deformierten Schädel, steckte sie in einen Plastikbeutel. Das schmale Geländer, das zumindest den Aufprall des Kopfes stoppte, wies ebensolche Knochen- und Blutreste auf, sodass der Fall des Körpers gut rekonstruiert werden konnte.

»Die Spurensicherung hat am Geländer der Aussichtsplattform ebenfalls leichte Blutspuren gefunden, die wir noch abgleichen müssen. Ich gehe davon aus, dass sich die Frau noch festklammern wollte, bevor es abwärts ging. Es fehlen auch an beiden Händen diverse Fingernägel, die wir noch suchen müssen. Für mich gibt es nur zwei Szenarien, Liebig. Entweder fiel sie kopfüber ohne Fremdeinwirkung und wollte sich noch im letzten Moment festklammern. Oder es wurde nachgeholfen und sie wehrte sich dagegen.

Dann könnte der Täter aber möglicherweise Abwehrspuren aufweisen. Ich meine, dass es zumindest zu vermuten ist. Ob sie einen Schlag auf den Kopf bekam, wird nach diesen Verletzungen wohl kaum noch nachzuweisen sein. Ich werde das aber erst seriös nach der Obduktion sagen können.«

Ein unüberhörbares Knacken aus dem Kniebereich begleitete den Mediziner, als er sich mühsam erhob. Dankbar griff er nach Liebigs ausgestreckter Hand, die ihn hochzog.

»Hatten Sie mir nicht gesagt, dass Sie damit zu einem Spezialisten gehen wollten? Das hört sich ja schrecklich an. Es schmerzt ja schon beim Zuhören.«

»Hören Sie, lieber Kollege, ich weiß als Mediziner recht gut, was man mir raten wird. Ich lass die Scharlatane nicht an mir rumschnippeln und schrauben. Das künstliche Knie macht später mehr Probleme als die Arthrose. Ich habe mich im Fitness-Center angemeldet. Der alte Körper braucht einfach Bewegung. Basta. In ein paar Wochen können wir zusammen joggen gehen.«

Wieder erschien auf Liebigs Gesicht dieses viel zu seltene Schmunzeln. Er war davon überzeugt, dass dieser jetzt sechzigjährige Mann bereits in den Ruhestand gehörte. Der Job hatte ihn ausgehöhlt, was er aber von niemandem hören wollte. Lediglich Liebig gegenüber hatte er einmal beim abendlichen Bier sein Herz ausgeschüttet. Ansonsten verschanzte er sich stets hinter seinem scharfen Sarkasmus und seiner Arbeit. Und die machte er so gründlich wie kaum ein anderer.

»Was denken Sie, wie alt die Frau war? Die Haut wirkt noch so glatt. Wann trat Ihrer Meinung nach der Tod ein?«

Nur kurz überlegte Schiller, bevor er die Erklärung lieferte.

»Ich würde aus verschiedenen Gründen klar auf den gestrigen frühen Abend tippen. Der Sturz während der Besucherzeiten wäre sicherlich nicht unbemerkt geblieben. Außerdem sind Muskelverkürzung und Totenstarre bereits bis in die unteren Gliedmaßen vollendet. Auch die Totenflecken sind längst an der Unterseite voll ausgebildet, was uns zeigt, dass der Leichnam später nicht mehr bewegt wurde. Da bereits viel Blut durch die große Kopfwunde austrat, sind die Totenflecken nicht in dem Maße vorhanden, wie Sie es vermutlich kennen. Ich würde mich so auf etwa achtzehn bis zwanzig Uhr festlegen wollen. Morgen mehr dazu.«

»Wissen Sie zufällig, ob schon jemand gefunden wurde, der gestern hier abgeschlossen hat? Der muss doch was gemerkt haben, wenn er nicht völlig blind ist. Gut, die Leiche ist durch die Büsche teilweise verdeckt, aber vielleicht kann er was über die letzten Besucher aussagen.«

Schiller hob die Schultern an und wies auf einen Polizeibeamten, der scheinbar den Einsatz befehligte. Der gesamte Bereich um den Turm war bereits weiträumig mit Absperrband vor Neugierigen geschützt worden. Peter Liebig hob dankend die Hand und machte sich auf den Weg zurück durch die sorgsam angelegten Bepflanzungen. Die Parkgärtner würden sich später die Haare raufen, wenn sie die Bescherung sahen.

»Hallo, Herr Hauptkommissar, so trifft man sich wieder. Bevor Sie danach fragen: Ich lasse gerade den Mann herfahren, der gestern abgeschlossen hat. Der hat heute eigentlich seinen freien Tag, doch das ist mal wieder ein Fall von *denkste*. Der Wagen müsste jeden Augenblick eintreffen. Wieder ein Suizid, oder hat da jemand nachgeholfen? Schon erste Erkenntnisse?«

Das vorfahrende Polizeifahrzeug ersparte Liebig die Antwort. Ein grauhaariger Mann, der sich mühsam aus dem hinteren Sitz quälte, blickte sich scheu um und wurde vom begleitenden Beamten zum Eingang des Turms geschoben, an dem Liebig schon ungeduldig wartete. Der Hauptkommissar überragte seinen Gesprächspartner um mindestens eineinhalb Kopflängen, was die Unsicherheit bei dem Rentner noch zusätzlich erhöhte. Liebig schob den bibbernden Mann zum Treppenaufgang und setzte sich neben ihn. Er gab ihm die Zeit, den Puls wieder auf Normalmaß herunterzufahren, bevor er sich vorstellte.

»Ich leite hier die Ermittlungen zu diesem, sagen wir erst einmal, Unfall. Mein Name ist Hauptkommissar Liebig vom hiesigen Morddezernat. Standardmäßig übernehmen wir den Fall zu Anfang, bis Klarheit über die Todesursache besteht. Wie heißen Sie denn?«

Statt einer passenden Antwort erhielt Liebig eine Gegenfrage.

»Was ist denn passiert, Herr Kommissar? Ich habe noch nie mit der Mordkommission ... ich weiß auch nichts von einem Unfall. Der Polizist hat mir nichts verraten. Muss ich mit zum Präsidium?«

Schon viel zu oft hatte Liebig ähnliche Situationen erlebt, in denen harmlose Normalbürger völlig von der Rolle gerieten, wenn sie verhört werden sollten. Er blieb ruhig und legte den Arm um die zitternden Schultern des Mannes.

»Jetzt beruhigen Sie sich mal und verraten mir, mit wem ich es zu tun habe. Dann erkläre ich Ihnen, warum wir hier so gemütlich auf der Treppe sitzen. Sie müssen sich absolut keine Sorgen machen. Ich habe nur diverse Fragen zum gestrigen Nachmittag, an dem Sie ja wohl Dienst hier am Turm hatten. Also, legen Sie mal los.«

Der Mann schob beide Hände zwischen die Knie und verhinderte so, dass seine zitternden Hände dem großen Kerl neben ihm auffielen. Sein Körper fuhr allmählich wieder auf Normalmodus runter, was Liebig am fehlenden Beben der Schultern festmachte.

»Karl Schießer. Ich heiße Schießer. Ich wohne ja eigentlich gar nicht weit von hier, vielleicht drei Kilometer entfernt - in Rüttenscheid. Dadurch habe ich es auch nicht weit zur Arbeit. Die haben mir den Job gegeben, als ich vor sechs Jahren arbeitslos wurde. Wissen Sie, Herr Hauptkommissar, ich will dem Staat nicht zur Last fallen und habe mir sofort danach ...«

Liebig wusste, dass er kurz davor stand, die gesamte Lebensbeichte eines fleißigen Menschen anhören zu müssen, der nicht zum Sozialschmarotzer mutieren wollte. Höflich unterbrach er, indem er auf seine Uhr tippte.

»Es tut mir sehr leid, Herr Schießer, dass ich Sie hier schon unterbrechen muss, aber die Zeit läuft mir davon.

Ich habe einen sehr wichtigen Fall auf dem Tisch, der schnellstens erledigt werden muss. Sie verstehen? Ich laufe sonst Gefahr, dass uns ein sehr gefährlicher Verbrecher durch die Lappen geht.«

Das Interesse des Rentners war endgültig geweckt.

»Was wollen Sie von mir wissen, wie kann ich helfen?«

»So ist es gut, Herr Schießer. Wir müssen wissen, wann genau Sie hier abgeschlossen, oder besser, wann Sie den letzten Besucher rausgelassen haben. Ist Ihnen irgendetwas aufgefallen? Uns hilft manchmal jede Kleinigkeit, von der Sie vielleicht glauben, dass sie völlig belanglos ist. Denken Sie gut nach.«

»Also gestern war hier am Turm nicht so wahnsinnig viel los. An der Orangerie fand ein Konzert statt. Die sind fast alle dahin gelaufen. Es war stinklangweilig hier und ich habe mir am Kiosk eine Flasche Schorle geholt und eine Zeitung. Als ich um sieben, also um neunzehn Uhr zurückkam, war kein Mensch mehr oben. Als der letzte Besucher verschwand, habe ich nachgesehen, alles war leer. Da habe ich unten abgeschlossen. Kann höchstens fünfzehn Minuten später gewesen sein, also viertelnachsieben.«

»Moment, Sie sprachen vom letzten Besucher. Haben Sie den noch gesehen? Können Sie den beschreiben?«

Fast, als würde er Liebig für verrückt halten, blickte er ihn an. Absolutes Unverständnis stand in Spießers Augen.

»Wie soll ich den erkannt haben? Der war doch schon weit weg, Richtung Ausgang. Ist das wichtig für Ihren Fall? Wissen Sie, ich habe in der letzten Zeit so ein wenig

Probleme mit den Augen. Der Augenarzt, Dr. Speis, sagte mir bei der letzten Kontrolluntersuchung, dass er eine Veränderung in der Netzhaut festgestellt hat und ...«

Wieder legte Liebig seine große Hand auf die schmale Schulter und schüttelte Spießer leicht.

»Haben Sie denn zumindest erkennen können, wie er gekleidet war, ob er jung oder alt, Mann oder Frau war? Mensch, an irgendetwas müssen Sie sich doch erinnern können.«

»Warten Sie, Herr Inspektor, ich glaube, dass er einen Kapuzenpulli anhatte, so wie ihn die jungen Leute überall tragen. Die laufen ja heute mit Sachen rum, die hätten wir früher nicht angezogen. Die Kapuze war komplett über den Kopf gezogen. Wissen Sie ...«

Peter Liebig war kurz davor, aufzuspringen und den Mann mit seinen Jugenderinnerungen allein sitzen zu lassen. Er beherrschte sich im letzten Moment.

»Welche Farbe hatte dieser Pulli denn?«

»Ich glaube so ein dunkles Schwarz ... oder nein ... ich glaube, es war dunkelblau. Ja es war ganz sicher blau. Die untergehende Sonne blendete ein wenig. Sie können sich nicht vorstellen, wie hinderlich diese Sache mit den ...«

Jetzt reichte es dem Beamten. Liebig verdrehte die Augen und erhob sich.

»Lassen wir es gut sein an dieser Stelle. Ich bringe Sie jetzt zu einem Kollegen, der Ihre Aussage noch mal aufnimmt, damit wir es in den Unterlagen haben. Sie haben uns sehr geholfen. Für Ihre Zukunft wünsche ich Ihnen alles Gute, bleiben Sie gesund.«

Kaum war Liebig wenige Meter vom Zeugen entfernt, atmete er befreit durch und löste seine Fäuste, die er schon minutenlang geballt hatte. Er holte Schiller ein, der sich bereits auf dem Weg zu seinem Fahrzeug befand. Das Opfer wurde derzeit in den Zinksarg gehoben und in einen Wagen verladen, der die verstorbene Frau zur gerichtsmedizinischen Untersuchung transportierte.

»Na, Liebig, Fall geklärt? Hat Ihnen der Zeuge weiterhelfen können?«

»Zumindest bin ich vorgewarnt, was die Erkrankung des Augenhintergrundes im Alter anbelangt. Gott erhalte mir meine Sehkraft und den gesunden Geist.«

7

Erwartungsvoll sahen die Mitglieder der Therapiegruppe auf den Eingang des kleinen Saales, den man für die wöchentlichen Sitzungen vom örtlichen Theaterverein angemietet hatte. Mittwochs gab es keine Proben, weswegen er in den Abendstunden zur Verfügung stand. Jeden Augenblick müsste Dr. Ruschtin erscheinen. Mittlerweile kannten sich einige Teilnehmer nach den vielen Monaten und teilweise sogar Jahren der Zugehörigkeit sehr gut und waren in Gesprächen vertieft, als sich endlich die Tür öffnete und ihr Gruppenleiter erschien. Augenblicklich trat Stille ein, da sie vom ersten Augenblick an das Gefühl bekamen, dass heute alles anders war. Ruschtins Gesicht zeigte nicht das milde, gütige Lächeln, sondern war verschlossen und ernst. Augenblicke später wussten jeder, warum es so war. Alle in der Runde wunderten sich bereits, weil zwei Stühle der eifrigsten Besucherinnen heute leer blieben. Die Auflösung des Rätsels kam prompt.

»Meine Freunde, ich will gar nicht erst mit schönen Worten die traurigen Ereignisse der letzten zwei Tage einleiten, sondern sofort mit der Wahrheit vor euch treten. Ihr werdet selbst schon bemerkt haben, dass heute zwei Plätze unbesetzt bleiben. Das, meine Damen und Herren, hat einen Hintergrund, den ich nur schwer verarbeiten kann. Helga Weiser und Sarah Monk sind einen Weg gegangen, den wir alle durch unsere Arbeit, unsere Gespräche vermeiden wollen. Sie haben ihrem Leben ein Ende gesetzt. Ich habe es erst jetzt erfahren und möchte nun Sie alle sofort darüber in Kenntnis setzen.

Unsere Freundinnen haben über eine lange Zeit versucht, ihre Ängste zu bekämpfen, und befanden sich dabei auf einem sehr guten Weg. Selbst für mich ist es absolut unverständlich, warum sie jetzt, so kurz vor dem Ziel, die einzige Lösung darin sahen, sich dieser Hölle auszuliefern, aus der sie eigentlich fliehen wollten. Hoffen wir, dass sie dort, wo sie sich jetzt befinden, den Frieden finden, den sie suchten.«

Eine fallende Stecknadel hätte in diesem Augenblick einen Höllenlärm verursacht. Dr. Ruschtin sah in Gesichter, die Entsetzen, Fassungslosigkeit und Traurigkeit ausdrückten. Niemand sprach auch nur ein Wort, bevor Ingrid Kläser damit begann, das Vaterunser vor sich hinzumurmeln. Nach und nach stimmte der Rest der Gruppe darin ein, bis ein erleichtert ausgesprochenes Amen das gemeinsame Gebet beendete. Alle Augen waren auf den vom vielen Gebrauch schon stumpfen Parkettboden gerichtet.

Wieder war es Ruschtin, der das Schweigen brach.

»Vor etwa zwei Stunden erhielt ich einen Anruf von der Polizei, die mich über das tragische Ableben der zwei informierte. Man hatte Kenntnis davon erhalten, dass unsere Freundinnen ein Teil unserer Gemeinschaft sind, das heißt, dass sie es waren. Nun gehört es auch zu den Aufgaben einer Mordkommission, den Tod, selbst wenn es ein Suizid war, zu hinterfragen. Dazu hat sich ein Hauptkommissar Liebig für heute Abend angemeldet, der jeden Augenblick erscheinen müsste. Er wird Ihnen Fragen stellen, die mögliche Hintergründe aufklären sollen. Ich bitte Sie alle, diesen Mann zu unterstützen, damit die beiden Frauen schnellstmöglich und ehrenvoll in Gottes Hände übergeben werden können. Sie werden verstehen, dass wir die für heute angesetzten Themen auf die kommende Woche verschieben werden.«

Nach kurzem Klopfen öffnete sich die Saaltür, durch die ein großgewachsener, breitschultriger Mann trat, der zielsicher auf Ruschtin zusteuerte und ihm die Hand reichte.

»Ach, ich glaube, da ist schon unser Hauptkommissar.«

»Dr. Ruschtin, wenn ich nicht irre. Ihr Bild im Internet entspricht zumindest klar dem Original. Schön, dass Sie und die Damen und Herren mir heute Abend etwas ihrer Zeit schenken. Es tut mir sehr leid, dass ich zu diesem traurigen Anlass auch noch mit Fragen auf Sie einstürme. Aber das gehört zum Job, wenn der mögliche Suizid noch nicht eindeutig geklärt ist. Bis dahin ermitteln wir in alle Richtungen. Wir wollen, nein, wir müssen vor der Beisetzung ein Fremdverschulden ausschließen können.«

»Deutet denn etwas darauf hin, dass ... ich meine ... könnte es auch Mord gewesen sein? Schließlich sind Sie von der Mordkommission.«

Liebig ging die Runde durch. Sein Blick blieb auf einer Person haften, die ihre Frage nicht zurückhalten konnte.

Ruschtin trat näher an Liebig heran und flüsterte ihm zu, dass es Astrid Münch war, die sich gemeldet hatte.

»Zumindest schließen wir das bei diesem Stand der Ermittlungen nicht aus, Frau Münch. Ich verrate kein Geheimnis, wenn ich Ihnen mitteile, dass wir bisher bei beiden Opfern noch keinen Abschiedsbrief fanden. Die typischen Hinweise auf Suizid fehlen bisher komplett. Nun, wir wissen lediglich, dass Krankheitsbilder bestanden, die auf gewisse Angstzustände hinweisen, unter denen sie litten. Doch in der Regel wissen wir aus langer Erfahrung, dass Menschen, die ihren Tod planen, das nicht derart spontan tun, sondern vorab Zeichen senden und ebensolche hinterlassen. Jeder, der das tut, erklärt sich in den meisten Fällen. Das fehlt hier in vollem Umfang. Nun könnte es ja sein, dass die Damen sich Ihnen anvertrauten. Ich möchte mit jedem von Ihnen ein kurzes Gespräch führen, wenn Sie damit einverstanden sind.

Ich dachte mir, dass es besser hier wäre, als dass ich Sie alle einzeln ins Präsidium bestelle. Darf ich gleich mit Ihnen, Frau Münch, anfangen?«

Liebig fiel auf, dass Astrid Münch im gleichen Augenblick zusammenfuhr, als ihr Name genannt wurde. Nur zögernd erhob sie sich und blickte sich scheu um. Ebenso entging Liebig nicht das Gesicht eines relativ jungen Mannes, der eine bestechende Ähnlichkeit mit dem besaß, das er auf einem Foto in Monika Weisers Wohnung fand. Er war sich relativ sicher, dass er den Urlaubsbegleiter vor sich hatte, der Monika im Pyrenäenurlaub Gesellschaft leistete.

41

Die Einzelgespräche bestätigten Liebig größtenteils die Ansicht, dass es im Leben der beiden getöteten Frauen keine Ansätze gab, die einen Suizid begründeten. Ganz im Gegenteil. Die Gruppe gab ihnen sogar stärkeren Halt, sodass ihr Lebensmut wieder angestiegen war. Der letzte in der Reihe der Gruppenmitglieder war der Urlaubspartner von Helga Weiser. Liebig war fest davon überzeugt, durch ihn tiefer in das geheimnisumwobene Leben der Frau eindringen zu können. Fast übertrieben selbstsicher legte der rundum modisch, fast hippimäßig gekleidete Mann mit den langen Haaren die Beine übereinander und erwartete die ersten Fragen.

»Von Ihren Freunden hörte ich schon, dass Sie David heißen. Wie weiter?«

»Oha, spricht man bereits über mich? Mein Nachname ist Pastise. Was sagt man denn so über mich, Herr Hauptkommissar?«

Liebig überging diese Frage und irritierte sein Gegenüber mit einer Gegenfrage.

»Was macht Dr. Ruschtin für Sie alle so besonders? Er scheint sehr beliebt bei ihnen zu sein.«

Pastise war anzumerken, dass ihn diese Frage völlig aus dem Konzept brachte. Sein Blick richtete sich auf den Kursleiter, der sich an einem großen Tisch mit den Mitgliedern der Gruppe unterhielt. Als befürchtete er, dass Ruschtin mithören könnte, senkte er die Stimme.

»Wie kommen Sie jetzt ausgerechnet auf Dr. Ruschtin? Verdächtigen Sie ihn etwa, mit der Sache etwas zu tun zu haben? Das wäre absurd. Das ist die Güte in Person. Wenn wir ihn nicht gehabt hätten, stünde es um die Psyche einiger Mitglieder auch weiterhin nicht zum Besten. Wissen Sie eigentlich, dass er seine Zeit völlig ohne Bezahlung für uns opfert? Obwohl er in seiner Praxis wahnsinnig viel zu tun hat, kümmert er sich in seiner Freizeit noch um uns. Wer macht das heute noch?«

Liebig ließ sich nicht anmerken, wie dieses Ruschtin-Lob auf ihn wirkte.

»Nein, Herr Pastise, wir haben derzeit keinen Grund, Herrn Ruschtin zu verdächtigen. Für uns sind die Sichtweisen von Außenstehenden immer wichtig. Wie standen Sie eigentlich zu den Verstorbenen? Ich meine damit, ob es Beziehungen gab, die über das Maß einer normalen Freundschaft hinausgehen. Wie gut kannten Sie sich?«

Wieder dieses kurze Aufflackern in den Augen von Pastise, bevor er betont lässig die Antwort formulierte.

»Ich weiß zwar nicht, was Sie als normale Freundschaft ansehen, aber wir trafen uns eben hier zu den Sitzungen, auch schon mal zum Bier, aber weiter war da nichts. Die Mädels waren ja auch durchweg ... wie soll ich das sagen ... ja, sie waren sehr zurückhaltend, wenn Sie wissen, was ich meine.«

»Nein, das weiß ich nicht. Erklären Sie es mir bitte.«

Fast verärgert über die Naivität des Polizisten, platzte es aus Pastise heraus.

»Nun ja, da war nichts mit ... ich meine, mit Sex oder so. Die beiden Frauen waren absolut prüde und ließen keinen Kerl ran. Das war doch nicht normal. Jeder muss doch mal ...«

Liebig unterbrach an dieser Stelle und stellte die nächste Frage.

»Haben diese, wie Sie sagen, *prüden* Frauen denn jemals auch nur Andeutungen gemacht, was ein vorzeitiges Ableben betraf?«

»Nein, nein, niemals. Soviel wie ich hörte, planten Sie sogar einen gemeinsamen Urlaub.«

»Das ist ja interessant. Wo wir gerade dieses Thema anschneiden. Wir fanden das hier in den Unterlagen von Helga Weiser. Könnten Sie mir etwas dazu sagen? Das sind doch Sie, wenn ich mich nicht irre, oder? Die Rückseite bestätigt das sogar eindeutig. Wie passt das zu Ihrer Bemerkung, dass da lediglich mal Treffen zum Bier vorkamen? Da hatten Sie beide aber eine lange Anfahrt.«

Pastise konnte nicht verhindern, dass ihm das Blut ins Gesicht schoss. Gebannt starrte er auf das Foto, das nun vor ihm auf dem kleinen Tisch lag. Es zeigte ihn und Monika in trauter Zweisamkeit. Liebig ließ ihm Zeit und schob das Foto etwas näher heran.

»Das war nicht so, wonach es aussieht. Damals hatten wir die gleiche Liebe zu dieser wilden Bergwelt entdeckt, die es eben noch in den Pyrenäen gibt. Schließlich wurde ich dort geboren, bevor meine Eltern wenig später nach Deutschland übersiedelten. Wir sind gewandert und haben ein paar unterhaltsame Tage verlebt. Mehr war da nicht zwischen uns. Wir bewohnten sogar verschiedene Zimmer. Das war eigentlich verrückt, da wir wenig Geld hatten. Aber sie wollte unabhängig sein. Ich sagte ja schon, dass sie anders war. Interpretieren Sie bitte nichts Falsches in dieses Bild. Das war nur eine Momentaufnahme bei der Wanderung.«

Das Foto verschwand wieder in Liebigs Innentasche. Pastise hatte sich in der Zwischenzeit wieder gefangen und fuhr sich mit der Hand durchs volle Haar. Das änderte sich jedoch sofort, als ihn die Frage erreichte.

»Wo waren Sie in der Nacht von Donnerstag auf den Freitag?«

»War das etwa die Nacht, als Monika ... Glauben Sie nicht auch, dass Sie jetzt überziehen, Herr Hauptkommissar? Haben Sie diese Frage eigentlich allen gestellt, oder verdächtigen Sie mich, Monika getötet zu haben? Das ist schon ziemlich krass.«

Wieder blieb Liebig die Antwort schuldig, sah sein Gegenüber nur schweigend an. Er spürte eine kleine Unsicherheit bei Pastise, die er ausnutzen wollte.

»Ich war ... warten Sie ... ja, ich war an diesem Abend in der *Funzel*. Mit Freunden. Können Sie gerne nachprüfen.«

»Haben diese Freunde auch Namen und Telefonnummern, damit ich das gegebenenfalls überprüfen kann? Das ist reine Routine, Herr Pastise. Und zu Ihrer vorherigen Frage. Das habe ich natürlich alle in der Runde gefragt. Nehmen Sie das also nicht persönlich. Bitte schreiben Sie mir die Namen auf den Zettel. Dann sind wir hier für heute fertig. Falls Ihnen noch was einfällt, rufen Sie mich einfach an.«

8

»David und Astrid, könntet ihr noch einen Augenblick bleiben? Die anderen sehe ich ja dann am kommenden Mittwoch wieder. Kommt gut heim.«

Die beiden Genannten sahen sich fragend an, blieben gespannt am Tisch sitzen. Dr. Ruschtin wirkte ungewöhnlich fahrig in seinen Bewegungen, was den beiden jungen Leuten sofort auffiel.

»Ihr werdet euch sicher fragen, was das soll. Eigentlich nichts von so großer Bedeutung. Doch diese Sache mit Monika und Sarah bereitet mir großes Kopfzerbrechen. Wir sind eine Gruppe, in der wir immer sehr offen mit unseren Problemen umgegangen sind. Darin soll sich auch in Zukunft nichts ändern. Alle müssen ehrlich sein und dürfen sich nicht hinter vermeintlichen Tabus verstecken.

Ich habe ja noch nicht mit dem Hauptkommissar sprechen können. Wir haben uns auf morgen vertagt. Dann kommt er in meine Praxis. Mich interessiert vorab nur, was er so im Allgemeinen von euch wissen wollte. Du, David, wirktest ab und zu etwas verstört. Was war geschehen?«

Wieder überzog Davids Gesicht ein roter Film, was jeder in der Gruppe mittlerweile kannte. Seine Verlegenheit, die sich zu den ungünstigsten Gelegenheiten bei ihm einstellte, machte ihm sehr zu schaffen. Es war einer der zwei Gründe, warum er sich dieser Gruppe angeschlossen hatte.

»Nichts von Bedeutung. Wirklich, da war nichts. Dieser Kerl wollte von mir wissen, wo ich mich am Donnerstag aufhielt. Der hat mich behandelt, wie ein ... wie einen Verdächtigen. Verdammt, ich habe mit dem Tod der beiden nichts zu tun. Der Kerl spinnt doch.«

»Ruhig, David, ganz ruhig. Das hat der Mann bestimmt nicht so gemeint. Das ist sein Job und reine Routine. Mach mal halblang. Wie ich es mitbekam, hat jeder sagen müssen, wo er zum Zeitpunkt der vermuteten Todeszeitpunkte war. Sonst war nichts?«

»Doch. Er hat ein Foto gezeigt, auf dem ich mit Monika zu sehen bin ... im Kurzurlaub in den Pyrenäen. Damals habe ich sie mitgenommen, ihr gezeigt, wo ich geboren wurde. Jetzt vermutet der natürlich mehr dahinter. Es fehlt nur noch, dass der mir eine Beziehungstat unterjubeln will. Die Typen sehen nur noch Mord und Totschlag.«

Ruschtin legte seine Hand über die von David und tätschelte sie leicht. Sein Blick ruhte jedoch bereits auf Astrids Gesicht.

»Und was war bei dir? Musstest du auch erklären, wo du dich aufgehalten hast?«

Astrid lag mehr im Stuhl, als dass sie saß. Ihre langen Beine, die sie in eine viel zu enge Jeans gequetscht hatte, waren weit unter den Tisch gestreckt. Fast spöttisch kam ihre Erklärung.

»Wir waren schnell mit der Sache durch. Dass ich mich zuhause aufhielt, kann eine Nachbarin bezeugen, die mir ein Päckchen anreichte, das man bei ihr abgegeben hatte. Ich habe dem Kerl dann erklärt, dass ich noch nicht so lange in der Gruppe bin und so gut wie nichts über die toten Mädels weiß. Stimmt doch auch, oder nicht? Die beiden hingen doch immer zusammen wie Kletten. Da kam eigentlich kaum einer richtig ran. Na ja, bis auf diejenigen, die sie in den Urlaub einluden.«

Ruschtin bemerkte das Aufbegehren Davids, der einmal mehr die Gesichtsverfärbung nicht vermeiden konnte. Nur dass sie diesmal einer Wut entsprang. Er hob die Hand, um Davids sicherlich heftige Entgegnung zu unterbinden.

»Lass es gut sein, Astrid, das ist nicht fair gegenüber David. Es ist doch völlig normal, dass sie sich von einem gut aussehenden Burschen gerne einladen lässt. Und wir wollen nicht vergessen, dass du es den beiden ja auch nicht leicht gemacht hast mit deinen Bemerkungen über die Nichtschwimmer. Aber ich will jetzt nicht weiter darauf herumreiten. Kommen wir zum Thema Alibi zurück.

Ich weiß, dass es sich für euch seltsam anhören wird, wenn ich, vor allem dich, Astrid, um einen kleinen Gefallen bitten möchte. Ich sagte ja bereits, dass ich morgen ebenfalls Besuch von Liebig bekommen werde. Nun wird es sich nicht vermeiden lassen, dass ich auch einen Nachweis für die Abende liefern muss. Und genau hier liegt das Problem. Grundsätzlich kann ich das ja auch durch Zeugen bestätigen lassen ... doch genau das will ich möglichst vermeiden.«

Ruschtin blickte in Augen, in denen eine unausgesprochene Frage lauerte. Die Stille zog sich hin, bis der Psychologe mit einem Seufzer zur Erklärung ansetzte.

»Ihr müsst wissen, dass jeder Mensch eine Leiche im Keller aufbewahrt. Dieser Vergleich passt sicherlich in diesem Zusammenhang nicht unbedingt, doch will ich auf eines hinaus. Ihr habt eure Probleme, die wir in unserer Gruppe offen diskutieren. Das unterstütze ich gerne und helfe, wo ich kann. Doch eigentlich müsste auch ich über etwas mit euch allen reden, was mir zu schaffen macht. Bisher konnte ich mich nicht dazu durchringen.

Ich war an den besagten Abenden in einer Gaststätte, die euch sicherlich aus bestimmten Gründen bekannt sein dürfte. Dort treffe ich mich mit Gleichgesinnten, die, so wie ich, gewisse sexuelle Neigungen ausleben. Wir sind eine Gruppe, die selbst heute noch, in einer modernen Welt, stigmatisiert wird. Wir kleiden uns gerne ... wir tragen zuhause eben Frauenkleider. So, jetzt ist es raus.«

Astrid rückte nun doch nach vorne und sah ihr großes Idol mit aufgerissenen Augen an.

»Sie sind ein Transsexueller? Sie laufen so richtig ...?«

»Halt jetzt endlich die Klappe, verdammt.«

David stupste die jetzt grinsende Astrid gegen die Schulter und richtete seinen Blick auf Ruschtin.

»Und was sollen wir jetzt für Sie tun?«

»Du gar nichts, David. An Astrid hätte ich eine Bitte. Es wird wahrscheinlich nicht allzu lange dauern, dann werden die spitz kriegen, was mit mir los ist. Doch bis es so weit ist, wenn es überhaupt dazu kommt, möchte ich gerne ein völlig unauffälliges Alibi vorweisen können. Und dazu brauche ich dich, Astrid. Wenn ich aussagen würde, dass ich mich bei dir aufgehalten habe, würdest du das bestätigen? Mir zuliebe?«

Das Lächeln in Astrids Gesicht, das sie in diesem Augenblick zeigte, war nur schwer zu deuten. Das Flehen, das Ruschtin in seinen Augen beherbergte, war herzerweichend. David hätte Astrid am Liebsten das Lächeln aus dem Gesicht geschüttelt, hoffte, dass sie endlich dieses befreiende *Ja* aussprechen würde. Sie schien die Situation auf eine besonders perfide Art zu genießen, ließ sich Zeit. Nach endlosen Sekunden, die den Männern wie Stunden erschienen, nickte sie langsam und lehnte sich wieder zurück. Es war, als fiele Ruschtin eine Zentnerlast von den Schultern.

»Danke, Astrid, das werde ich dir niemals vergessen. Das verspreche ich.«

9

Das alte Haus wies einen viktorianischen Baustil auf, dessen Anblick Liebig einen Moment in wenigen Metern Entfernung verweilen ließ. Zwischen dem Efeu, das den Bau fest im Griff zu haben schien, entdeckte er den zurückliegenden Eingang, der von einer reich verzierten Eingangstür dominiert wurde. Das Messingschild, in dem sich auch der Klingelknopf befand, enthielt in geschwungener Schreibschrift den Namen des Bewohners. Nur wenige Augenblicke nachdem der Glockenton durch das Haus hallte, vernahm Liebig die herannahenden Schritte. Ein freundlich lächelnder Ruschtin reichte dem Hauptkommissar die Hand und bat ihn herein. Einen leicht muffigen Geruch meinte er gerochen zu haben, bevor dieser vom Aroma eines wahrscheinlich kräftigen Earl Grey-Tees überdeckt wurde.

Liebig folgte dem Gastgeber durch die lange Diele, auf deren Boden ein teuer wirkender Orientläufer jegliches Geräusch dämpfte. Sie traten in ein Wohnzimmer, dessen gewaltige Bücherregale dem Hauptkommissar einen Moment die Sprache verschlug. Eingerahmt von fast schwarz wirkenden Regalwänden fanden sich hier tausende Werke der Weltliteratur. Ruschtin gab dem Besucher die Zeit des Bestaunens und zeigte freundlich auf einen gewaltigen Sessel.

»Ich habe mir erlaubt, uns einen feinen Tee zuzubereiten. Sie können aber auch gerne einen anderen Wunsch äußern. Im Regal finden Sie auch Sherry oder etwas Alkoholfreies. Setzen wir uns doch bitte.«

»Haben Sie die Bücher alle ...?«

Ruschtin winkte lachend ab.

»Oh nein, Herr Kommissar. Das ist nur reine Angabe. Damit möchte ich nur den Besuch beeindrucken. Die Bücher, die ich gelesen habe, dürften maximal fünfzig Prozent ausmachen. Tee mit Zucker und Milch?«

»Bitte nur Zucker. Sehr beeindruckend, wirklich. Leider komme ich nicht oft zum Lesen. Die viele Arbeit ... Sie verstehen?«

»Oh ja, das glaube ich Ihnen. Die Welt ist verdorben und voller Sünder. Sind Sie schon in unserem Fall weitergekommen? Ich brenne darauf, mehr zu erfahren.«

Liebig nippte an der Teetasse, deren feinen Griff er kaum mit seinen breiten Fingern festhalten konnte. Anerkennend hob er die Brauen.

»Der ist aber fein, eine fantastische Note von Bergamotte. Bevor wir auf das angesprochene Thema näher eingehen, Herr Ruschtin, hätte ich aber noch einige Fragen an Sie.«

Ruschtin ließ sich in seinen gewaltigen Sessel zurückfallen, balancierte dabei geschickt seine Teetasse aus, von der er hin und wieder einen kleinen Schluck nahm. Das

Lächeln verlor er in keinem Augenblick, während er geduldig auf die erste Frage wartete.

»Ich habe in den ganzen Gesprächen erfahren, dass Sie bei den Gruppenmitgliedern äußerst beliebt sind, was Sie sicher auszeichnet. Diese ehrenamtliche Tätigkeit ist ja leider nicht selbstverständlich. Schließlich widmen Sie Ihre kostbare Freizeit den Menschen, die sich scheinbar nicht selbst helfen können.

Nun haben wir uns die Mühe gemacht, einmal in die Vergangenheit zu sehen, was nur bedingt mit Ihrer Selbsthilfegruppe zu tun hat. Es entstanden Listen von Suiziden der letzten drei Jahre im Raum Essen. Beeindruckend viele Todesfälle, was zeigt, dass es wahnsinnig viele Menschen gibt, die ihr Leben nicht mehr auf die Reihe bekommen. Das ist bedrückend für uns alle. In Schritt zwei haben wir die uns bekannten Umstände näher beleuchtet und siehe da, es tauchten drei Namen auf, von denen mir von den Gruppenmitgliedern bereits zuvor zwei genannt wurden. Ich nehme an, dass die dritte Person zu einem Zeitpunkt verstarb, als die Befragten noch nicht zur Gruppe gestoßen waren.

Ich will damit sagen, dass es bereits Suizide gab, bevor wir von diesen letzten beiden erfuhren. Nun könnte man sagen, Zufall. Nur will ich daraus keinen Hehl machen ... ich habe mir abgewöhnt, an Zufälle zu glauben.«

»Wollen Sie damit andeuten, dass es auch in den drei Fällen keine Selbsttötungen gab, sondern ...?«

»Ich will noch gar nichts behaupten, Herr Ruschtin, erlaube mir aber zumindest, Zweifel daran anzumelden.

Sie werden mich bestimmt für überspannt halten, wenn ich Sie danach frage, ob Sie von der Filmreihe Final Destination gehört haben. Haben Sie?«

Etwas konsterniert sah der Psychologe den Hauptkommissar an, bevor er antwortete.

»Gehört ja, aber nicht gesehen. Wählt darin nicht der Tod seine Opfer nach einer festgesetzten Reihenfolge aus und die versuchen, diese Folge zu unterbrechen?«

»Genau das meine ich. Nicht, dass ich diese fantastische, fiktive Geschichte nun auf unseren Fall übertragen möchte, aber könnte das nicht einer aus Ihrer Gruppe ...?«

»Um Gottes willen, Herr Liebig. Die Frauen und Männer, die ich betreue, leiden allesamt unter Phobien. Das lässt sich doch nicht mit Wahnsinn auf eine Ebene bringen. Sie sprechen in diesem Zusammenhang von einem Psychopathen, der Mordszenarien plant. Das ist bei den jungen Leuten nicht vorstellbar. Lösen Sie sich ganz schnell wieder von diesem Gedanken. Das ist gänzlich absurd.«

Peter Liebig ließ den Psychotherapeuten keinen Augenblick aus den Augen, als er die Tasse vorsichtig auf dem kleinen Beistelltisch absetzte.

»Sie werden sicher entschuldigen, wenn ich mit der Thematik nicht ausreichend vertraut bin. Ist denn der Unterschied so gewaltig?«

Jetzt tat es Ruschtin dem Polizisten gleich und stellte seine Tasse ebenfalls ab.

»Wenn ich Ihnen das in Kurzform umreißen darf. Eine Phobie ist eine Angst vor bestimmten Ereignissen, wie zum Beispiel Situationen, Tieren, Orten oder für uns völlig normalen Dingen. Wir sprechen dabei von drei Untergruppen wie die Agoraphobie, der sozialen Phobie und einer spezifischen Phobie. Die Begegnung mit diesen angsteinflößenden Ursachen schafft bei den Betroffenen eine Panikattacke. Sie können sich nicht dagegen wehren. Sie müssen sich vorstellen, dass etwa zehn Prozent der Bevölkerung unter Phobien leidet. Das ist nicht zu unterschätzen. Ich wende in dieser Gruppe das Flooding an, was folgendermaßen funktioniert. Ich bombardiere den Patienten geradezu mit Angstauslösern. Das ist zu Anfang sehr heftig, bewirkt jedoch beim Betroffenen, dass er die Angstzustände irgendwann als nicht mehr so schlimm empfindet. Er spürt, dass die Angst die Macht über ihn verliert. Das kann so weit gehen, dass er sie irgendwann sogar ignorieren kann. Begleitend erlernt der Patient eine Entspannung, die sehr wichtig für die Therapie ist.«

Liebig hob beide Hände und stoppte so den Monolog des Therapeuten.

»Ich verstehe das bisher sehr gut. Vielleicht können wir zu einem späteren Zeitpunkt einmal näher darauf eingehen. Vielen Dank. Wenn dieses Flooding angewendet wird, kann ich doch davon ausgehen, dass Sie genau in diesem Augenblick dem Patienten an der Seite stehen?«

»Aber natürlich, Herr Liebig. Alles andere wäre unverantwortlich und absolut kontraproduktiv. Das ist eine äußerst gefährliche Situation, in der es möglicherweise zu Kurzschlusshandlungen kommen kann.«

»Gut, das wollte ich wissen. Nun zum Schluss etwas völlig anderes. Die Frage habe ich den anderen Mitgliedern auch schon gestellt. Wo waren Sie zum Zeitpunkt der Taten? Nur so der Vollständigkeit halber.«

Eigentlich hatte Liebig erwartet, dass sich Ruschtin erbost zeigen würde, war deshalb schon etwas erstaunt, als die Antwort prompt kam.

»An beiden Abenden befand ich mich zu einer, sagen wir einmal, Einzelbehandlung, einem wichtigen Gespräch bei Frau Münch. Das wird sie Ihnen doch bestimmt schon erzählt haben.«

Jetzt war es an Liebig, das Erstaunen zu unterdrücken, was ihm nur teilweise gelang.

»Nein, das hat sie nicht. Sie werden sicher nichts dagegen haben, wenn ich diesbezüglich noch einmal nachfrage. Es wundert mich doch etwas, da es ja in Zusammenhang mit ihrem eigenen Alibi wichtig gewesen wäre. Nun denn, es wird ihr wohl nur wegen der Aufregung als nicht so bedeutend erschienen sein. Für den Augenblick wäre es das schon. Noch vielen Dank für Ihre Zeit, den hervorragenden Tee und die Aufklärung zur Phobie. Übrigens haben Sie ein sehr schönes Haus.«

»Danke. Bei Fragen, Herr Hauptkommissar, stehe ich jederzeit zur Verfügung.«

10

»Kann ich bitte die Akte von den beiden angeblichen Suiziden auf meinen Tisch bekommen?«

Rita Momsen war schon auf dem Weg zur Kantine, als sie der Ruf ihres großen Meisters erreichte.

»Hat das nicht Zeit bis nach der Pause? Ich habe Hunger, Herr Liebig.«

Der Chef hob lediglich den Kopf für einen Augenblick und winkte ihr zu. Rita hatte nichts anderes erwartet, als das, was er ihr als Antwort servierte.

»Sie werden diesen kurzen Augenblick des Aufschubs sicherlich verschmerzen können, zumal es heute wieder diesen widerlichen Spinat mit Kartoffelkleister und Spiegelei gibt. Gönnen Sie sich lieber heute Abend einen saftigen Burger. Helfen Sie einem völlig überlasteten Hauptkommissar mit magerem Gehalt bei der aufopfernden Tätigkeit zum Wohle der Allgemeinheit.«

»Oh Gott, Sie Ärmster. Wie kann ich da noch Nein sagen. Erwähnten Sie gerade, dass Sie den Burger bezahlen werden? Ich meine, trotz Ihrer so schlimmen finanziellen Verhältnisse? Das könnte sich dann nämlich äußerst positiv auf meine Entscheidung auswirken.«

»Liebes Fräulein Momsen. Sie werden mir damit doch wohl nicht verdeutlichen wollen, dass Sie bestechlich sind. Es macht sich gar nicht gut, wenn das in Ihrem Beurteilungsbogen auftaucht, den ich in sechs Wochen ausfüllen muss. Ihrer Bewerbung zum Polizeidienst tut das überhaupt nicht gut.«

Die Praktikantin wusste mittlerweile genau, wie ihr Vorgesetzter manchen Scherz verpackte. Wer ihn nicht so gut kannte wie sie, fiel sicherlich auf das Gefrotzel rein. Seine kleinen Falten um den Mund verrieten, dass er das Lachen nur mühsam zurückhalten musste. Noch während Rita sich auf den Weg machte, um ihr bescheidenes Büro aufzusuchen, vernahm sie seine Worte.

»Spaß beiseite, mein Fräulein, ich lade Sie heute sogar zum Fast Food-Essen ein. Das gehört bei mir sowieso zum Standard. Sobald wir hier fertig sind, können wir los ... aber nur, wenn Sie möchten und nichts anderes geplant haben. Wir müssen aber vorher die beiden Akten durchgehen. Wie lange dauert das denn noch?«

Mit gespieltem Ärger in der Miene legte Rita dem Hauptkommissar die beiden Ordner auf den Tisch und wollte sich wieder entfernen.

»Warten Sie bitte und setzen Sie sich. Sie möchten doch gerne in den gehobenen Polizeidienst, oder? Dann helfen Sie mir, mögliche Auffälligkeiten in den Fällen zu finden. Mal ganz abgesehen davon, dass die Toten zur Selbsthilfegruppe des Dr. Ruschtin gehören, möchte ich weitere Parallelen finden. Da sind mir ein zweites Augenpaar und Ihre Intuition sehr wichtig. Haben Sie Lust?«

Nur durch einen unauffälligen Seitenblick registrierte Liebig, wie sich der Körper seiner Praktikantin versteifte und sich freudige Erwartung und Stolz in ihrem Gesicht abzeichneten.

»Ich hole mir noch meine Schorle und dann können wir loslegen. Aber das mit dem Burger heute Abend war kein Spruch, oder?«

»Bei Manitu, ich schwöre. Natürlich nur, wenn uns keine weitere Leiche dazwischenfunkt.«

Rita schob sich erneut einen Röstistick in den Mund, in den zuvor schon etliche Chicken Nuggets ihren Weg fanden. Ihr gegenüber befand sich zwischen dem Wirrwarr von Papier und kleinen Kartons das letzte von vier Paketen, in denen die verschiedensten Burger enthalten waren. Wie gesagt ... waren. Peter Liebig sah mit krauser Stirn aus dem Fenster, schien das Gewusel auf dem Parkplatz zu beobachten. Wer ihn näher kannte, wusste, dass er in diesem Augenblick angestrengt über etwas nachdachte.

»Das kann doch kein Zufall sein.«

Die Worte waren mehr laut gedacht, als dass sie für ihre Ohren geplant waren. Geduldig wartete sie auf die nachfolgende Erklärung, die auch prompt kam.

»Ist Ihnen nicht auch aufgefallen, dass diese Todesfälle im letzten Jahr, ich glaube im Februar, begannen und dann bis jetzt aussetzten? Im März noch einer und dann diese relativ lange Pause. Zufall? Ein paar Dinge müssen wir morgen herausfinden. Standen die Todesarten auch in irgendeinem Zusammenhang mit einer möglichen Phobie der Frauen? Wer war im letzten Jahr schon Mitglied in dieser Gruppe und kann uns Auskunft geben? Wann übernahm Ruschtin? Ich meine, mich erinnern zu können, dass vor ihm die Gruppe von einem Sozialarbeiter geleitet wurde. Warum dieser Wechsel? Was wurde aus dem vorherigen Leader?«

»Was bringt Sie eigentlich auf den Gedanken, dass es sich um ein Verbrechen handeln könnte? Grundsätzlich deutete doch nichts auf eine Gewalttat hin. Bei den Frauen existierte doch sogar ein Abschiedsbrief, wenn ich mich recht erinnere. Wurde damals eigentlich ein Grafologe hinzugezogen, der die Handschrift verglich? Wenn Sie schon den Verdacht haben, dass da jemand nachgeholfen hat, dann wäre das doch im Nachhinein noch angesagt. Vielleicht gibt es sogar gewisse Ähnlichkeiten im Schriftbild oder in den Formulierungen.«

Während Peter Liebig versuchte, den Verschluss der letzten Burgerpackung zu öffnen, beobachtete er das Gesicht seiner Praktikantin sehr aufmerksam.

»Kluges Kind, meine liebe Rita. Sie werden sicher Ihren Weg bei der Kripo gehen. Da bin ich mir sicher. Das übernehmen Sie morgen als Erstes. Dann möchte ich eine Liste der damaligen Mitglieder haben, damit wir die mit dem aktuellen Stand vergleichen können. Wir werden aber auch die Personen überprüfen, die zwischenzeitlich aus der Gruppe ausschieden. Was wurde aus denen? Sind die plötzlich alle von ihrer Phobie befreit oder haben die vorzeitig das Handtuch geworfen? Gab es etwa bei denen eine Wunderheilung? Könnte es möglicherweise einen Rachefeldzug gegen die Ehemaligen gegeben haben? Sie sehen, langweilig wird es bei uns nicht. Es sind oft die arbeitsintensiven, scheinbar unwichtigen Nebensächlichkeiten, die uns zum Ziel führen. Das perfekte Verbrechen gibt es nicht, was die Täter stets in ihrer Selbstüberschätzung vergessen. Sagen wir einmal ... Gott sei Dank.«

11

Alle drei bildeten einen Sitzkreis auf dem Boden und gossen sich heißen Tee nach, der einen außergewöhnlichen, süßlichen Duft verströmte. Astrid und David saßen in Unterwäsche, während Susanne Klever sich ihrer Oberkleidung nicht entledigt hatte. Sie deckte ihre Tasse, in der sich Wasser befand, mit der Hand ab.

»Ich habe euch doch schon tausend Mal gesagt, dass ich das Zeug nicht trinke. Habe erst letzte Woche noch in der Innenstadt ein Mädchen getroffen, die am Anfang diesen Dreckstee aus Engelstrompete trank. Jetzt hängt sie an der Nadel. Seid ihr euch eigentlich dessen bewusst, wie kontraproduktiv sich dieser Scheißtee auf eure Depressionen auswirkt? Gerade du, David, der ja sowieso schon diese Aggressivitätsschübe hast, solltest die Finger von diesem Pflanzengift lassen. Ich habe gelesen, dass der Konsum von Engelstrompete diesen Zustand noch steigert. Da kannst du noch zwanzig Jahre in der Gruppe sitzen, da wird sich nichts bei dir ändern.

Scheinbar hast du sehr schnell vergessen, wie du die drei arabischen Jungs auf offener Straße angegriffen und ordentlich was aufs Maul bekommen hast.«

»Hört, hört, unsere Frau Professor. Du hast doch selbst schon gekifft. Jetzt, wo du dich dieser Freikirche angeschlossen hast, spielst du den Moralapostel. Wir wissen schon, wie viel für uns gefährlich ist. Kümmer dich lieber darum, dass du deine Aelurophobie loswirst, oder hieß das anders? Ach scheiß drauf. Wie kann man sich nur vor Katzen fürchten? Die sind doch absolut harmlos. Bei Löwen und anderen Großkatzen kann ich das ja noch nachvollziehen, aber bei den süßen Stubentigern? War da bei dir nicht auch noch diese Furcht vor fahrenden Zügen? Das ist doch idiotisch.«

Astrid klopfte sich in ihrer Begeisterung auf die Oberschenkel und schüttelte sich vor Lachen.

»Ich würde ja gerne mitlachen, aber leider könnte ich im Augenblick nur kotzen. Wenn ich euch so zuhöre, meine ich, kleine Kinder vor mir zu haben. Habt ihr mir nicht selbst schon erzählt, dass ihr Herzrasen von dem Tee bekamt und du, David, vier Tage nicht pinkeln konntest? Nein, das Zeug tut euch nichts ... klar. Ihr ignoriert doch nur die Gefahr, weil ihr diesen Rausch schon braucht, um Probleme zu verdrängen. Bei dir, Astrid, hat dieses Pflanzengift doch schon komplett die Stimme verändert. Früher warst du nicht so heiser. Hoffentlich geht das wieder weg.«

»Halt jetzt endlich die Schnauze, sonst weiß ich nicht, was ich tue. Wenn dir unsere Gesellschaft nicht passt, hau doch ab und knie dich vor den Altar deines bepissten Gotteshauses.«

Astrid drohte ihrer ehemaligen Freundin deutlich mit der geschlossenen Faust und funkelte sie an.

»Ist ja gut, verdammt. Man wird doch wohl noch seine Meinung äußern dürfen. Lasst uns bitte noch den gestrigen Abend besprechen, bevor ihr wieder diese Halluzinationen bekommt. Dann kann man mit euch kein vernünftiges Wort mehr quatschen. Also, ich für meinen Teil habe diesem Bullen nichts verraten. Bei euch bin ich mir nicht so sicher, da ihr ja relativ lange mit dem gequasselt habt. Was wollte der denn wissen? Ich denke, ihr habt ein stichfestes Alibi, oder?«

Astrid hielt David zurück, der schon wieder aufbrausen wollte.

»Was hätten wir dem denn verraten sollen? Ist das unser Problem, wenn sich einige aus der Gruppe selbst das Licht ausknipsen? Das sind erwachsene Menschen und entscheiden eigenständig. Wir haben keinen Grund, etwas zurückzuhalten. Und ein Alibi haben wir selbstverständlich. Da muss nichts gemauschelt werden, weil es nichts zu vertuschen gibt.«

»Ich meine ja nur die Toten von damals. Das ist ja schon auffällig, wie viele sich aus der Gruppe das Leben nehmen. Manchmal habe ich etwas Angst. Das gebe ich zu. Warum tun die beiden das, obwohl sie zusammen einen Urlaub planten?«

David und Astrid wechselten einen Blick und stießen ein weiteres Mal mit ihren Teetassen an. Aus Astrid stieß es schließlich heraus.

»Du solltest vielleicht mal mit Dr. Ruschtin darüber reden. Das könnte sich bei dir zu einer massiven Thanatophobie ausbilden. Aber wer von uns hat keine Angst vor dem Tod? Wir müssen alle mal in die Grube ... die einen früh, die anderen später. Ist einfach so.«

Nun konnten die beiden das Lachen nicht mehr zurückhalten und verfolgten die weinend flüchtende Susanne mit ihren Blicken, bis die Tür hinter ihr ins Schloss fiel. Astrid ließ sich nach hinten fallen und verfolgte die bunten Ringe, die sich an der Decke abzeichneten. Sie spürte kaum Davids gierige Hände, die über ihren Körper fuhren.

12

Mindestens ein dutzend Mal war sie mittlerweile diesen Weg über den Bahndamm schon gegangen, war dem stets über ihr kreisenden, bösen Geist schon entgegengetreten. *Soll er doch kommen, dieser elende Zug.* Sie würde ihm entgegentreten, zumindest einige Meter neben dem Gleis. Sie würde vor dem metallenen, lärmenden Koloss nicht mehr weichen, den Abhang hinunterstürzen. Wie oft hatten sich die Kinder in der Klasse über ihre Amakaphobie lustig gemacht. Es gab Jungs in der Klasse, die sich sogar auf die Schienen legten und so den Freunden ihren unerschütterlichen Mut beweisen wollten. Sie wäre schon gestorben, wenn sie nur das Geräusch des herannahenden Zuges gehört hätte.

Der späte Abend legte bereits Dunkelheit über das verlassene Fabrikgelände, das sich direkt neben dem Bahndamm befand und eine gute Kulisse für einen Horrorfilm geliefert hätte. Das bereitete Susanne keinerlei Furcht. In diesem Punkt machte sie den meisten in ihrer Gruppe was vor. Die hätten um diese Zeit diese verwahrloste Gegend nicht mehr aufgesucht, in der in jedem Winkel ein neues Geräusch auftauchte. Ratten konnten hier ungehindert den

Müll durchstreifen, den der nach Reinlichkeit schreiende Bürger hier tagtäglich ablagerte. Dunkle Schatten zauberten die bizarrsten Muster auf Boden und Gemäuer, die teilweise furchteinflößende Monster abbildeten. Susanne schlug den Kragen hoch, da die Feuchte des Tages einen kalten Schauer über ihren Körper jagte. Nun begann es zusätzlich zu nieseln.

Etwa fünf Minuten würde es noch dauern, bis der IC 2214 in Richtung Hamburg an ihr vorbeidonnerte. Das würde den absoluten Triumph für sie bedeuten, wenn sie diesen Wahnsinn in weniger als fünf Schritten neben den Gleisen ertrug. All die Mühen in den Jahren zuvor, diese angeborene Angst zu besiegen, würden dann Früchte tragen. Von diesem Augenblick an wäre sie ein vollwertiger Mensch, der sich wagen würde, sogar eine Reise mit dem Zug anzutreten. Nur ihr Bruder Michael war in dieses Unternehmen eingeweiht und versprach ihr, sich fernzuhalten, sie nicht zu begleiten. Immer wieder machte er sich große Sorgen, befürchtete insgeheim, sie könnte bei diesen Versuchen, eine Panikattacke erleiden. Das heute musste sie alleine durchstehen, was er schließlich auch einsah. Danach waren sie beim Lieblingsitaliener zum Pizzaessen verabredet.

Mehrfach rutschte sie auf dem lehmigen, steilansteigenden Boden aus, auf dem sich Gras und Unkraut angesiedelt hatten. Schwer atmend erreichte Susanne die Kuppe, auf der sich dieses fast endlose Gleisband auf dem Schotter festkrallte, bevor es am Horizont hinter einer Kurve wieder verschwand. Sie wusste, dass sich ihr Zug auf der dritten Weiche von links nähern würde, dann auf dem geraden Stück, auf dem sie gerade stand, seinen Weg nach Gelsenkirchen fortführen würde. Schon meinte sie, ein leises Grollen vernehmen zu können. Der Schlag traf sie direkt an der Schläfe.

Schmerz raste durch den Kopf, nahm ihr jede Möglichkeit, Bewegungen zu koordinieren. Verzweifelt nahm Susanne den Kampf gegen den eintretenden Schwindel auf, stemmte sich dagegen, einzuknicken. Sie spürte, wie ihr Knie gegen den Gleisstrang schlug und neue Schmerzwellen durch den Körper jagte.

Ich muss hier weg! Er kommt jeden Augenblick.

Ihre Hand krallte sich in den kalten Stahl, versuchte, ihren nun schwächelnden Leib von den Schienen zu ziehen. Als der zweite Schlag ihren Rücken traf, riss sie die Augen auf und starrte vor Angst gelähmt in die Scheinwerfer des heranrasenden Zuges. Das Letzte, was sie wahrnahm, bevor die Stahlräder ihren Kopf vom Hals trennten, war der Schatten, der sich vom Ort des Geschehens entfernte.

Zugführer Tadezki leitete spontan, doch viel zu spät, die Notbremsung ein. Hunderte Meter später blieb der Zug zitternd stehen. Helfer fanden Tadezki weinend auf seinem Fahrersitz. Seine Augen starrten auf einen fiktiven Punkt, der weit vor ihm zwischen den Schienen zu liegen schien. Auf Ansprache reagierte er nicht. Er befand sich augenblicklich in einer Welt, die das Geschehene immer wieder, wie in einer Zeitschleife, neu vor ihm aufbaute. Die Hand umkrallte fest den Steuerhebel.

13

Liebig hasste diese Aufläufe, die dadurch noch verstärkt wurden, dass Zuggäste nur schwer zu bewegen waren, in die bereitstehenden Busse umzusteigen. Überall blitzten die Smartphones, nahmen die Eindrücke dieses Nothalts als Video und Foto auf. In wenigen Minuten würden die ersten Bilder in Facebook und anderen Social-Media-Kanälen auftauchen. Kollegen der Schutzpolizei bemühten sich, Neugierige davon abzuhalten, an die Stelle zu wandern, an der sie die Leiche vermuteten. Schnell sprach sich im Zug herum, dass sich jemand das Leben nahm und damit die Schuld dafür trug, dass sie wieder einmal zu spät nach Hause kamen.

Gemächlich wanderte der Hauptkommissar am Fuß des Bahndamms entlang. Er schrak zusammen, als er die schnellen Schritte und den keuchenden Atem hinter sich vernahm.

»Warten Sie, Liebig, ein alter Mann ist schließlich kein D-Zug mehr. Können die Menschen sich nicht eine besser zugängliche Stelle für ihre Selbstmorde aussuchen? Diese Arthrose macht mich noch fertig. Verdammt, ich wollte eigentlich mit meiner Frau einen ruhigen Fernsehabend verleben. Die ist doch völlig vernarrt in diese Casting-show, dieses Voice of Germany. Kennen Sie doch bestimmt auch, oder?«

Liebig schüttelte mit ernster Miene den Kopf und wartete geduldig, bis ihn der hechelnde Gerichtsmediziner erreicht hatte. Gemeinsam legten sie die letzten Meter zurück, während Liebig der Eindruck vermittelt wurde, dass dieser musikalische Hochgenuss kurz hinter dem Erlebnis der Salzburger Festspiele anzusiedeln war. Liebig half dem stöhnenden Mediziner den Hang hinauf und betrachtete das Szenario in aller Ruhe. Die Leute der Spurensicherung hatten ein Zelt über die Stelle gesetzt, an dem man einen einzelnen, relativ sauber abgetrennten Kopf einer Frau gefunden hatte. Zwischen den Gleisen verteilt entdeckten die Beamten immer noch weitere Körperteile.

»Wieso wurde der Körper so auseinandergerissen? Ich dachte immer, dass unter dem Zug noch genug Platz verbleibt, damit man sich unbeschadet zwischen die Schienen legen kann.«

Ratlos sah Liebig runter zu dem Mann, der sich mit solchen Problemstellungen wesentlich besser auskannte. Fast mitleidig sah der zu ihm hinauf und setzte zu einem seiner gefürchteten Monologe an.

»Das vermuten viele, Liebig. Das kann aber ein fataler Fehler, vor allem Ihr letzter sein. Das ist unter anderem davon abhängig, wie hoch die Zuggeschwindigkeit beim Überfahren war. Wenn ich den Zustand des Kopfes und seine Position berücksichtige, würde ich spontan sagen, dass die Dame quer zu den Gleisen lag. Der Schnitt durch den Hals ist zwar ausgefranst, dennoch relativ glatt. Also lag die Person etwas erhöht auf den Schienen. Die Räder haben den Hals sauber durchtrennt. Aber, und jetzt kommen wir zu Ihrer Frage, entsteht bei hoher Geschwindigkeit ein dermaßen starker Sog unter den Waggons, dass der Restkörper hochgeschleudert und am Unterboden des Zuges quasi zerrissen wird. Das bezeugen die vielen Einzelteile, die Sie noch über eine lange Strecke finden werden. Selbst unter den einzelnen Wagen werden wir womöglich Körperfetzen dieser Frau abkratzen. Schrecklich, einfach schrecklich.«

Bestätigt wurde diese Erklärung Schillers dadurch, dass einige Leute damit beschäftigt waren, an verschiedenen Stellen Bereiche mit Zahlen zu markieren und Fotos zu erstellen. Schiller zog den Hauptkommissar am Ärmel an die Stelle, an der Polizeibeamte den Kopf der Toten bewachten. Beide Männer bückten sich, um den Teil des Frauenkörpers zu betrachten, der noch halbwegs gut erhalten geblieben war. Schiller zeigte auf verschiedene Schürfwunden und blieb an einer Kopfwunde hängen.

»Was ist los, Schiller? Was wollen Sie mir zeigen?«

»Sie werden rund um den Schädel eine Menge Abschürfungen bemerkt haben. Der Grund ist einfach zu erklären. Der Kopf wurde nach dem Abtrennen vom Sog mitgerissen und rollte über den Schotter. Doch diese Wunde hier hat einen anderen Ursprung. Da bin ich mir schon jetzt ziemlich sicher.«

»Was bedeutet das? Machen Sie es nicht so spannend.«

»Genaueres kann ich Ihnen natürlich erst nach der Obduktion mitteilen, doch da wette ich drauf, dass die Frau vor dem Zusammenprall einen Schlag gegen die Schläfe bekam. Wir nennen das einen Contre-coup, was einfacher gesagt, eine Gehirnquetschung bedeutet. Stellen Sie sich das so vor: Wenn ich Ihnen mit einem stumpfen Gegenstand einen Schlag gegen den Kopf zufüge, entsteht eine Hirnrindenprellungsblutung oder auch extrazerebrale Blutung genannt. Die entsteht jedoch auf der gegenüberliegenden Hirnseite, sodass wir von einer Gegenschlagwirkung sprechen. Die kann oftmals wesentlich größer ausfallen, als auf der Schlagseite. Sie entwickelt sich zu einer Contrecoup-Verletzung. Die fehlen im Allgemeinen beim Abrollen des Schädels. Habe ich mich verständlich ausgedrückt?«

»Gehe ich richtig in der Annahme, dass Sie einen Mord darstellen möchten, der aussehen soll wie ein Suizid?«

»So könnte man es übersetzen, Liebig. Morgen, nach Öffnung des Schädels, werde ich Ihnen bestimmt die Hämatome auf der anderen, inneren Seite des Schädels zeigen können. Ich denke, dass wir den Staatsanwalt problemlos davon überzeugen können, dass er uns die Leichenteile freigibt. Sie schauen so seltsam ... ist was mit dem Kopf?«

»Ich bin mir nicht zu hundert Prozent sicher, aber ich meine, dieses Gesicht in den letzten Tagen schon einmal gesehen zu haben. Halt ... ich hab´s. Das ist eine der Frauen, die ich in dieser Selbsthilfegruppe befragt habe. Verdammt, das wäre ja dann die fünfte Selbsttötung bei denen. So langsam habe ich aber die Schnauze voll von dem Gefasel, dass alles ein Zufall ist. Da hilft jemand gehörig nach, da bin ich mir jetzt sicher.«

Liebig erhob sich zu voller Größe. Sein Gesicht zeigte nun harte Züge, die man so an ihm nur selten sah. Wieder reichte er dem Mediziner helfend die Hand, der sich nun auch auf den Weg machte, die sterblichen Überreste der Frau zu begutachten. Kein schöner Anblick, selbst für diese abgehärteten Männer.

14

»Ich muss schon sagen, Herr Hauptkommissar, dass mir die Art nicht gefällt, wie Sie mich kompromittieren. Es musste doch wohl nicht sein, dass Sie mich aus einer Sitzung holen und ins Präsidium fahren lassen. Was soll mein Patient von mir denken? Sie behandeln mich, als wäre ich ein Verbrecher. Das wird noch Konsequenzen für Sie haben. Mein Anwalt wird gleich hier sein und ich überlege mir, ob ich eine Beschwerde einreichen lasse.«

Liebig war dem Protest des Psychotherapeuten mit gleichgültiger Miene gefolgt, versuchte, das Gespräch wieder auf die sachliche Ebene zu bringen.

»Sie sind keines Verbrechens beschuldigt worden, wurden auch nicht verhaftet. Ich habe Sie lediglich darum gebeten, eine Aussage zu machen zum gewaltsamen Tod von Susanne Klever. Schließlich befand sich die Frau, wenn wir es streng sehen, irgendwie in Ihrer Obhut. Sie war ein Mitglied Ihrer Selbsthilfegruppe. Ich will auch gar nicht lange um den heißen Brei herumreden, Dr. Ruschtin. Wir ermitteln mittlerweile wegen Mordes in fünf Fällen, wobei Sie mit Ihren Aussagen zur Aufklärung beitragen könnten.«

»Mord? Wieso reden Sie von Mord? Bisher stand doch fest, dass wir es mit Selbsttötungen zu tun haben. Haben Sie etwa mich oder einen aus der Gruppe in Verdacht, da die Finger im Spiel zu haben? Das ist ja unglaublich, ein Skandal. Ich werde nichts mehr sagen, bis mein Anwalt erscheint. Hinterher unterstellen Sie mir noch, dass ich die Menschen umbringe, für die ich meine wertvolle Zeit opfere.«

Auch jetzt ließ sich Liebig nicht aus der Ruhe bringen, sah Rita Momsen entgegen, die sich ihnen näherte.

»Darf ich Ihnen einen Kaffee anbieten, Dr. Ruschtin? Frisch aufgebrüht.«

Heftiger, als der es wohl beabsichtigte, baffte er die Praktikantin an.

»Nein, das möchte ich nicht, junge Frau. Das wird wohl nur dem Zweck dienen, dass Sie Fingerabdrücke oder DNA von mir einsammeln wollen. Ich kenne diese Machenschaften der Kripo sehr gut. Nein danke.«

Die junge Frau entfernte sich mit hochgezogenen Brauen, nicht ohne die unausgesprochene Frage in den Augen ihres Chefs bemerkt zu haben. Bewusst aufreizend servierte sie ihm kurze Zeit später eine Tasse des herrlich duftenden Getränks, die bösen, aber auch enttäuschten Blicke des Psychologen ignorierend. Kaum hatte Liebig ein paar Schlucke genommen, als Unruhe im Vorzimmer entstand. Ein fettleibiger, in einen teuren Maßanzug gepresster Mann drängte sich an Rita Momsen vorbei und riss die Bürotür auf. Nachdem er den Diplomatenkoffer auf Liebigs Schreibtischkante aufgesetzt hatte, versuchte er, seine Atmung wieder auf ein Normallevel zu bekommen.

»Schön, Sie mal wieder zu sehen, Dr. Faltyn. Wusste gar nicht, dass Sie als Strafverteidiger auch völlig unbescholtene Klienten aus der gehobenen Bevölkerungsschicht vertreten. Setzen Sie sich bitte. Sie sehen gar nicht gut aus. Sie hätten doch meinem Rat folgen und in ein Fitnessstudio gehen sollen. Ja, ja, dieser Wohlstand und die Fülle an Versuchungen.«

»Lassen Sie die Scherze, Liebig. Ich bin nicht die vielen Treppen hochgelaufen, um mir Ihre Anzüglichkeiten anzuhören. Was werfen Sie meinem Mandanten vor? Weshalb wurde er vorgeladen?«

Mittlerweile nahm ein wackliger Holzstuhl die Fülle seines Leibes auf, was sich in beängstigenden Quietschgeräuschen äußerte.

»Wer behauptet, dass wir Ihrem Mandanten etwas vorwerfen, außer, dass es ihm an der Bereitschaft zur Kooperation fehlt? Dr. Ruschtin wurde nicht verhaftet. Wir haben höflich darum gebeten, uns bei Ermittlungen in möglicherweise fünf Mordfällen zu helfen. Dazu ist er aber scheinbar nicht bereit, was wir zugegebenermaßen etwas seltsam finden. Es geht schließlich darum, aufzuklären, was mit seinen Schutzbefohlenen passiert ist. Den Weg zu uns hätten Sie sich sparen können. Er ist lediglich ein Zeuge. Wenn er die Aussage verweigert, würde das in der Sache an sich nicht hilfreich sein. Es würde ihn höchstens verdächtig machen. Bitte klären Sie Ihren Mandanten darüber auf, dass er kein Zeugenverweigerungsrecht besitzt, außer, er würde Gefahr laufen, sich selber mit der Aussage zu belasten.«

Es war nicht nur der krankhaft erhöhte Blutdruck, der dem Anwalt die Röte ins Gesicht trieb. Er beugte sich zu Ruschtin und flüsterte ihm etwas ins Ohr. Sein Blick traf wieder den Hauptkommissar. »Mein lieber Herr Liebig. Ich habe Dr. Ruschtin gerade angeraten, mit Ihnen zu kooperieren. Doch sollten wir das auf einen späteren Zeitpunkt verlegen, da ich zuvor mit ihm sprechen möchte. Er wird das Gespräch mit Ihnen suchen, nur nicht heute. Darf ich ihn nun mitnehmen? Er ist ja keines Vergehens beschuldigt worden und er wird die Stadt nicht verlassen. Das nur am Rande, bevor Sie diesen Spruch ablassen. Kommen Sie, Herr Ruschtin. Es gibt Redebedarf.«

Liebig und seine Praktikantin verfolgten den Abgang der beiden Männer, wobei Ruschtin einen äußerst verunsicherten Eindruck hinterließ. Besonders diesen Umstand, das nahm sich Liebig vor, würde er noch auszunutzen wissen.

Was verbarg dieser Psychofritze nur vor allen? Welcher Grund war dafür verantwortlich, dass der Mann seine Hilfe verweigerte?

Immer stärker festigte sich der Gedanke in dem Polizisten, dass er mit seinen Vermutungen und den Untersuchungen in ein Wespennest gestochen hatte.

15

»Rita, darf ich Ihnen eine kleine Aufgabe aufbürden? Damit wir ein komplettes Bild des Personenkreises bekommen, der in einer gewissen Beziehung zu den Verstorbenen steht, brauche ich ein Exposé von allen Gruppenmitgliedern. Das dürfte ja mittlerweile nicht mehr so umfangreich sein, da in dem Bereich schon eine auffällige Fluktuation stattfand. Wir sprechen dabei von lediglich fünf Leuten, Dr. Ruschtin mal ausgenommen, den ich mir persönlich vornehmen werde. Trauen Sie sich das zu?«

Peter Liebig wusste, dass seine Praktikantin nur darauf wartete, in die Ermittlungen einbezogen zu werden. Das Leuchten in ihren Augen war nicht zu übersehen. Liebig fuhr deshalb fort, ohne die Antwort abzuwarten.

»Was mir wichtig ist: Gibt es Familie? Wie war die schulische und berufliche Laufbahn? Gibt es Vorstrafen, usw.? Es wäre toll, wenn es klarere Bilder über das Krankheitsbild gäbe, wobei ich diese Phobien meine. Wissen Sie, Rita, ich werde den Gedanken nicht los, als würde man nach einem festen Plan arbeiten. Dahinter steckt meiner Ansicht nach ein System. Ich fahre raus, um was über den feinen Herrn Ruschtin herauszubekommen. Wenn Sie bei

Ihren Recherchen nicht weiterkommen oder blockiert werden, rufen Sie mich bitte an.«

Das Internet überflutete Liebig mit Informationen über den anerkannten Psychotherapeuten Dr. Ruschtin. Erst als der seine Praxis von Heidelberg nach Essen verlegte, wurde es schlagartig ruhig um ihn. Der Mann stellte seine enormen Kenntnisse als Gerichtsgutachter nicht mehr zur Verfügung. Mit dem Unfalltod seiner Frau Elfie, mit der er über vierundzwanzig Jahre verheiratet war, brach er mit seiner Vergangenheit und entzog sich der Öffentlichkeit. Die letzten Meldungen in den Medien bestanden aus lobenden Bemerkungen zu seiner ehrenamtlichen Tätigkeit in diversen Selbsthilfegruppen. Jugendfotos, die ihn noch bis in die Studienzeit darstellten, zeigten einen gut aussehenden, selbstsicher erscheinenden Mann mit klugen Augen. Ansonsten schilderte man Ruschtin als scheuen Menschen, der die Präsentation in der Presse, wenn es eben machbar war, mied. Sein Äußeres hatte sich durch den kräftigen Kinnbart erheblich geändert, nur die Augen waren unverkennbar und beeindruckend geblieben.

Einem Artikel schenkte Liebig seine besondere Aufmerksamkeit. Es handelte sich dabei um einen heftigen Streit mit einem früheren Kommilitonen, der für kurze Zeit als Partner in der Gemeinschaftspraxis fungierte. Diese geschäftliche Verbindung bestand jedoch nur knapp drei Jahre, bevor man sich wieder trennte. Liebig fand diesen Armin Hölscher schnell wieder, ebenfalls als Psychotherapeut in Rees am Niederrhein arbeitend. Das Sekretariat versuchte, deutlich zu machen, dass der Terminplan von Armin Hölscher derzeit keinen zeitlichen Freiraum für Besprechungen enthielt. Seine Position als Hauptkommissar des Morddezernates ermöglichte schließlich doch, eine Lücke zu finden. Man verabredete sich für den kommenden Nachmittag.

»Ich denke, dass Ihnen mein Sekretariat bereits mitgeteilt hat, dass ich in der Zeit sehr knapp bemessen bin. Wie kann ich Ihnen helfen, Herr Hauptkommissar? Ich hoffe sehr, dass Ihr Anliegen nicht in Zusammenhang mit einem meiner Patienten liegt. Dann müsste ich Sie leider auf meine Schweigepflicht verweisen. Doch setzen wir uns erst.«

Liebig erfasste mit einem Rundblick die Einrichtung der sehr modern gestalteten Praxisräume, die absolut nicht dem angestaubten Stil früherer Jahre entsprach, den man von solchen Räumen im Kopf hatte. Die obligatorische Liege, auf der ein Patient seine Lebensbeichte ablegte, war hier durch eine bequeme Wohnlandschaft ersetzt worden, die aus weißem, geschmeidigen Leder bestand. Hölschers Outfit passte sich der Umgebung an, indem dieser mit blauer Jeans und über die Hose hängendem, weißen Hemd daher kam.

»Nein, nein, Herr Hölscher, es geht um keinen Ihrer Patienten. Eher möchte ich Sie mit Ihrer Vergangenheit konfrontieren.«

»Hört, hört. Haben Sie meine Leichen im Keller entdeckt oder geht es um die Kifferei im Partykeller?«

Sein männlich ausdrucksstarkes Gesicht zierte nun ein fast schon überhebliches Lächeln. Mit übereinandergeschlagenen Beinen erwartete er Liebigs Erklärung.

»Ihnen wird doch bestimmt der Name Hartmut Ruschtin noch etwas sagen, oder?«

Augenblicklich verschwand die Lockerheit, mit der Hölscher eigentlich das Gespräch führen wollte. Sein Gesicht zeigte plötzlich eine gewisse Härte, deren Ursprung Liebig nun unbedingt erforschen wollte.

»Täusche ich mich da, oder kann ich erkennen, dass dieser Name nicht unbedingt positive Erinnerungen in Ihnen weckt? Ich wäre daher sehr dankbar, wenn ich die Gründe kennenlernen dürfte. Ich weiß bisher nur, dass es zwischen Ihnen eine geschäftliche Beziehung gab, die jedoch nach einigen Jahren ungewöhnlich plötzlich gelöst wurde. Darf ich erfahren, was genau der Grund für die Trennung war?«

Lange studierte Hölscher schweigend sein Gegenüber, bevor er sich entschloss, auf die Frage einzugehen.

»Wird gegen Hartmut, ich meine Ruschtin, ermittelt oder warum sitzen wir hier? Was hat er sich diesmal zu Schulden kommen lassen, dass sich sogar die Mordkommission für ihn interessiert?«

»Bitte ziehen Sie aus meinem Erscheinen keine falschen Schlüsse. Herr Ruschtin dient derzeit bei uns nur als Zeuge in diversen Nachforschungen. Gegen ihn liegt nichts vor. Wir versuchen nur, uns ein Bild von allen Personen zu bilden, die auch nur ansatzweise mit einem Fall zu tun haben, in dem wir ermitteln.«

Der forschende Blick, mit dem ihn Hölscher musterte, störte Liebig nicht. Er hielt dem stand. Schließlich fuhr Hölscher fort.

»Wir kannten uns, wie Sie ja schon wissen, aus der Studienzeit und hatten die gleichen Interessen, ähnliche Hobbys. Mit zwei weiteren Kommilitonen wohnten wir in Heidelberg in einer Wohngemeinschaft. Schon damals planten wir, eine gemeinsame Praxis zu betreiben. Das lief am Anfang auch recht gut, bis ...«

An dieser Stelle stockte Hölscher und griff nach dem Wasserglas, das er zuvor auf dem Tisch deponiert hatte.

»... bis? Was geschah damals, Herr Hölscher?«

»Es war seine oftmals zu intensive Beziehung zu seinen Patienten. Es ist eine Grundregel in unserem Beruf, dass man dem Menschen jede mögliche Hilfe zukommen lassen muss, doch das sollte auch Grenzen haben. Ich meine, dass Hartmut hier und da zu sehr in deren Privatleben eintauchte. Darüber reden ist eine Sache, doch er pflegte darüber hinaus besonders in diesem speziellen Fall einen intensiven, privaten Kontakt, der bis zu nächtlichen Treffen führte. Wir sprachen darüber, wobei er das weit von sich wies, wenn ich von tieferen Gefühlen sprach, die ich bei ihm vermutete.

Der große Knall kam, als ich ihn eines Abends in der Praxis mit einem unserer Patienten überraschte. Er beteuerte, dass es nichts Ernstes wäre und er das dem jungen Mann deutlich machen würde. Das ging für mich gar nicht, Herr Liebig. Er hatte ein Gesetz gebrochen, das für uns von großer Bedeutung war. So konnte ich mit ihm nicht mehr zusammenarbeiten. Am nächsten Tag versicherte er mir zwar, dass es kein weiteres Treffen mit diesem Mann geben würde, doch der Zug war für mich abgefahren.«

»Sie haben ihm die Geschäftsbeziehung aufgekündigt?«

»Das hätte ich mit Sicherheit auch gemacht, aber es erledigte sich von ganz alleine. Schon einen Tag später lag ein Brief in meiner Post, dass er sich aus der Gemeinschaftspraxis zurückziehen und in eine andere Stadt ziehen werde. Soll ich Ihnen was sagen? Von da an habe ich Hartmut nie wieder gesehen. Ich erfuhr lediglich, dass er irgendwann eine Praxis in Essen eröffnete. Es war ein großer Verlust, sage ich Ihnen. Hartmut war eine anerkannte Größe in unserer Branche und als Gutachter gefragt. Damit war aber auf einen Schlag Schluss. Er weigerte sich scheinbar, seine Kenntnisse den Gerichten weiter zur Verfügung zu stellen.«

»Sie beide haben bis heute auch kein Telefonat mehr miteinander geführt? Da muss es damals aber heftig gerumst haben.«

»Wissen Sie, Herr Hauptkommissar. Ich kann mittlerweile sehr gut beurteilen, wann es sich lohnt, die Hand zu reichen und eine Friedenspfeife zu rauchen. Ich gebe zu, dass es in diesem Punkt bei mir auch ein wenig an Kooperationswillen fehlte. Es wurde damals viel Geschirr zerschlagen ... zu viel, für meinen Geschmack.

Herr Liebig, leider muss ich Sie jetzt wegen diverser Termine bitten ...«

Peter Liebig erhob sich und reichte Hölscher die Hand. Er spürte, dass Hölscher jetzt nicht mehr reden wollte.

»Ich danke Ihnen für Ihre Hilfe. Zumindest habe ich nun ein klareres Bild von Herrn Ruschtin. Sie haben mir wirklich sehr geholfen. Ich hoffe, dass ich Sie bei offenen Fragen anrufen darf.«

Noch eine Weile blieb Liebig hinter dem Steuer seines Wagens sitzen und sinnierte über das Gehörte nach. Zumindest zeichnete sich ab, dass Dr. Ruschtin eine gewisse sexuelle Vorliebe besaß, was in der heutigen Zeit allerdings nichts Verwerfliches darstellte. Viel weiter war er damit im Fall der getöteten Frauen aber nicht gekommen.

16

»Sie können jetzt noch nicht zum Patienten. Kommen Sie bitte wieder raus aus dem Zimmer. Herr Tadezki braucht absolute Ruhe. Habt ihr Polizisten denn gar kein Gefühl mehr dafür, was dieser Mann mitgemacht haben muss? Ihr Dienstausweis nützt Ihnen hier gar nichts. Ich lasse nicht zu, dass Sie dem Mann Schaden zufügen.«

Die relativ junge Ärztin baute sich selbstbewusst vor Liebig auf und legte den Kopf weit in den Nacken. Ihre Nase erreichte maximal die Brusthöhe des Hauptkommissars, was sie aber nicht davon abhielt, ihn in Richtung Tür zu schieben. Tapfer hatte sie ihre kleinen Hände gegen den Bauch des Riesen gestemmt, aus ihren Augen schossen warnende Blitze.

Peter Liebig konnte ein Schmunzeln nicht völlig unterdrücken, ließ es sich jedoch widerstandslos gefallen, dass er zum Ausgang gedrängt wurde. Kurz vor Erreichen der Tür erreichte die beiden der schwache Ruf Tadezkis.

»Lassen Sie ihn ruhig durch, Dr. Schöning. Ist schon in Ordnung.«

Entschuldigend zuckte Liebig mit den Schultern und wartete, bis die Ärztin, immer noch wütend, zur Seite trat.

»Nur zehn Minuten, Sie Grobian. Danach komme ich wieder und schmeiße Sie höchstpersönlich aus dem Zimmer. Nehmen Sie bitte Rücksicht auf den Patienten. Das Geschehene muss erst einmal von ihm verarbeitet werden, damit es sich nicht zu einem Trauma ausbildet. Zehn Minuten also!«

Peter Liebig hob theatralisch die rechte Hand hoch und hielt der Ärztin die offene Handfläche entgegen.

»Ich schwöre bei allem, was mir heilig ist.«

Die Erwiderung, die Dr. Schöning auf den Lippen hatte, schluckte sie wieder herunter und eilte zum Ausgang, nicht ohne Liebig noch einmal mahnend mit dem Zeigefinger vor der Nase herumzuwedeln. Langsam bewegte sich Liebig zum Bett des Zugführers und zog sich einen Stuhl heran.

»Ich weiß, dass es für Sie ein unvorstellbarer Schock gewesen sein muss, als Sie realisierten, was sich da tat. Ich werde mich deshalb auch kurzfassen. Mir geht es im Grunde auch nur darum, zu erfahren, was genau Sie gesehen haben, bevor Sie ...«

Hier stockte er, als er sah, dass sich Tadezkis Augen mit Wasser füllten. Als der ihn wieder ansah und die Tränen mit dem Ärmel des Umhangs wegwischte, fuhr der Polizist fort.

»Was genau hat Sie veranlasst, die Notbremsung einzuleiten? Haben Sie vor dem Zusammenprall klar Personen erkennen können? Wenn ja, wie viele waren das? Bitte denken Sie genau nach, denn jeder noch so kleine Hinweis kann für uns sehr wichtig sein.«

Heinz Tadezki war unschwer anzumerken, dass es ihm schwerfiel, diese Situation visuell herbeizuführen. Wieder flossen die Tränen aus den Augenwinkeln, seine Hand, die auf der Bettdecke ruhte, zitterte.

»Ich weiß es nicht mehr, es ging alles so schnell. Ich sah diese Frau, als es längst zu spät war. Es knallte nur ganz dumpf, bevor ich überhaupt reagieren konnte. Es war so dunkel ... dieser Nieselregen.«

»Machen Sie sich keine Vorwürfe. Niemand wird das tun. Uns geht es nur darum, zu klären, ob da noch eine weitere Person im Spiel war. Bitte schließen Sie die Augen und gehen Sie noch einmal zurück zu dem Augenblick, als sie die Frau registrierten.«

Tatsächlich schloss Tadezki die Augen und sogar seine Hand ruhte für einen Moment ruhig auf der Decke. Sekunden später zuckte er hoch und öffnete die Lider. Liebig senkte den Kopf nahe an den des Zugführers, als der begann, leise zu sprechen.

»Da ist noch etwas. Da läuft jemand weg, ja, es läuft jemand den Hang hinunter. Ich weiß genau ... da ist eine weitere Person am Rand.«

»Haben Sie das Gesicht erkannt?«

Tadezki blickte bedauernd herüber und schüttelte unendlich langsam den Kopf. Seine Augen drückten wieder diese ergreifende Traurigkeit aus.

»Eine Kapuze. Die Person trug eine Kapuze, so ein Joggeroberteil. Der Typ lief weg. Der hatte aber was in der Hand.«

»Sind Sie sich sicher, dass es ein Mann war?«

»Nein, Herr Hauptkommissar. Es kann auch eine Frau gewesen sein, weil ... ich kann es nicht erklären ... diese Figur war schlank und lief etwas komisch. Also sportlich war dieser Typ jedenfalls nicht, irgendwie unbeholfen, würde ich sagen. Hat der die Frau vor meinen Zug geschubst? Wie kann man so was einem anderen Menschen antun? Ich verstehe das nicht. Ich konnte es wirklich nicht verhindern. Bei Gott nicht, ich schwöre es.«

Die Telematik zeigte auf dem Monitor ein starkes Ansteigen der Herztätigkeit und reagierte mit Alarmtönen. Nur Sekunden später stürmten zwei Schwestern mit Dr. Schöning im Schlepptau herein, hantierten an den Geräten. Die Ärztin drehte sich kurz darauf um. Wieder diese Blitze, die aus den Augen schossen und den Hauptkommissar beeindrucken sollten. Liebig hob einmal mehr beide Hände hoch und bewegte sich zurück.

»Ich weiß, ich soll verschwinden. Kein Problem, Frau Doktor. Nur nicht schlagen und aufregen. Bin schon weg.«

Noch als er im Aufzug nach unten fuhr, gingen ihm die Worte des Zugführers nicht aus dem Kopf.

Es kann auch eine Frau gewesen sein, weil ... ich kann es nicht erklären ... diese Figur war schlank und lief etwas komisch. Also sportlich war dieser Typ jedenfalls nicht, irgendwie unbeholfen, würde ich sagen.

17

Die Teller auf dem Besprechungstisch lockten Kolleginnen und Kollegen aus den Nachbarbüros an, die sich um dieses Buffet versammelten.

»Brunch? Feiert hier jemand Geburtstag? Hi, Rita, sollten wir da was verpasst haben?«

Die herbeieilende Praktikantin schob die Gruppe entschlossen auseinander, um zwei Thermoskannen abzustellen, die frischen Kaffee enthielten.

»Blödsinn. Das ist die neue Strategie seitens der Führungsetage, um die Mitarbeiter bei Laune zu halten. Da die wöchentliche Stundenzahl um mindestens acht Prozent erhöht werden soll, möchte man vorbauen und jeden Protest im Keim ersticken. Ich finde diese Maßnahme mit dem kostenlosen Frühstück äußerst mitarbeiterfreundlich.«

Die Sprachlosigkeit bei den Anwesenden hielt nur Sekunden an, bevor der Tumult aufbrandete. Liebig, der genau in diesem Augenblick den Raum betrat und seinen Mantel an die Garderobe hing, erhob die Stimme.

»Hallo, Kollegen. Wogegen wird hier demonstriert? Und dann noch ausgerechnet in meinem Büro. Ich möchte doch sehr bitten.«

Das Gemurmel ebbte zwar etwas ab, doch nicht vollständig. Monika Hessling aus der Drogenfahndung eilte auf Liebig zu und baute sich vor ihm auf. Die Körperhaltung ließ Peter Liebig nichts Gutes erahnen.

»Hast du das gewusst?«

»Was gewusst? Würdest du mich bitte aufklären.«

»Ich spreche von der Dienstzeit. Da wird der Betriebsrat ja wohl noch ein Wörtchen mitzureden haben. So einfach geht das ...«

»Stopp, stopp. Geht das auch mal mit klaren Aussagen? Worüber sprichst du im Augenblick?«

Der Hauptkommissar mischte sich unter die diskutierenden Mitarbeiter. Monika folgte ihm.

»Wir werden das nicht mitmachen. Wir sehen unsere Familie jetzt schon kaum. Mit einer Aufstockung werden wir uns nicht abfinden. Das kannst du deinen Mitstreitern da oben klarmachen.«

»Wie kommt ihr darauf, dass die Dienstzeiten verändert werden sollen?«

Augenblicklich trat Stille ein. Sämtliche Blicke richteten sich auf Rita Momsen, die spätestens jetzt merkte, dass der Schuss, der als Joke gedacht war, nach hinten losging.

»Fräulein Momsen? Möchten Sie uns dazu was sagen?«

Liebigs Stimme hatte einen bedrohlichen Unterton angenommen, als er sich auf die immer kleiner werdende Praktikantin zuschob. Die knetete ihre Hände vor dem Schoß und suchte in einem der umstehenden Gesichter Hilfe. Die Hoffnung schwand mit jeder Sekunde.

»Ich ... das war doch nur ein Scherz. In Wirklichkeit ...
also ich habe heute Geburtstag und wollte nur ...«

Im Büro der Mordkommission hätte eine Stecknadel
einen Höllenlärm verursacht, wäre sie wahrhaftig auf den
Boden gefallen. Jeder im Raum bemerkte die Veränderung
im Gesicht der jungen Frau, die kurz vor einem Heul-
krampf stand. Momsen zuckte heftig zusammen, als der
gesamte Mob auf sie zusprang und sie in die Luft hoben.

»Herzlichen Glückwunsch, du Dummchen. Hast du
wirklich geglaubt, dass wir dir das abgenommen haben?
Die Geburtstage sind bei uns klar in einer Liste vermerkt.
Da kann sich keiner vor der Feierei drücken.

Hoch soll sie leben. Und jetzt nichts wie ran an die
leckeren Sachen. Willkommen im Team, Kleine.«

Obwohl der Besprechungstisch später wirkte, als wäre eine
Splittergranate eingeschlagen, sahen Rita Momsen und
Peter Liebig die Ergebnisse ihrer Recherchen durch, nipp-
ten hin und wieder an ihren Kaffeebechern. Rita hob eine
Liste in die Höhe und wedelte damit vor dem Gesicht ihres
Chefs herum.

»Wenn ich etwas zu dieser Liste der ehemaligen Mitglieder bemerken darf. Da tauchen in der Regel Leute auf,
die es im späteren Leben auch zu was gebracht haben. Mir
drängt sich die Vermutung auf, dass die Therapie zumindest bei denen angeschlagen hat. Gut, es gibt dabei einen
Ausreißer, einen Reinhold Scheepers. Der wurde vor einigen Monaten in eine Anstalt eingewiesen, weil er ständig
kriegerische Auseinandersetzungen vorhersagte und sogar

Waffen hortete, um für den Kriegsfall gewappnet zu sein. Natürlich will ich damit nicht ausschließen, dass einer der ehemaligen Mitglieder der Täter oder die Täterin sein könnte, aber für mich macht das keinen Sinn. Die sind vollständig integriert und haben alle eine Familie.«

»Ich möchte Ihnen gerne in der Ansicht folgen wollen. Lassen Sie sich aber niemals von der scheinbaren Normalität der Menschen täuschen. Das kann ein fataler Irrtum sein. Sehen Sie sich mal die Dateien der bekanntesten Serienmörder durch. Sie werden erstaunt sein, wie erschreckend normal diese brutalen Killer aussehen. Viele haben sogar Kinder getötet, obwohl sie eigene zuhause mit all der Liebe eines Elternteils umhegen. Der Mensch ist eine unberechenbare Bestie. Bei den meisten Tieren können Sie schon am Verhalten erkennen, ob sie ihnen trauen können. Versuchen Sie das einmal bei einem Menschen und Sie werden Ihr blaues Wunder erleben. Das erklärt sich schon darin, dass Tiere zur Lüge nicht fähig sind. Sie sind einfach ehrlicher als der Homo sapiens. Wenn Sie lange genug bei uns arbeiten, werden Sie in dem Punkt erhebliche Korrekturen in Ihrer Weltanschauung vornehmen müssen.«

Aufmerksam war Rita den Äußerungen ihres Chefs gefolgt und wiegte nachdenklich den Kopf.

»Könnte Ihre negative Haltung nicht auch damit zusammenhängen, dass Sie tagtäglich mit dem Verbrechen leben müssen und damit Gefahr laufen, zu verallgemeinern? Wie ich hörte, haben Sie durch einen Raubüberfall Ihre Frau verloren und sind deshalb ...«

Rita Momsen zuckte heftig zusammen, als sich eine Riesenhand wie eine Stahlklammer über ihre legte und sie in die plötzlich kalten Augen Liebigs blicken musste. Sein Gesicht nahm eine angsteinflößende Härte an, als er ihr die Worte entgegenzischte.

»Was wissen Sie schon von mir? Nur das, was man hier im Präsidium verbreitet. Das ist nicht die ganze Wahrheit, obwohl jeder glaubt, sie zu kennen. Es ist Scheißdreck! Nichts wissen die Leute über mich. Keiner von denen hat das durchmachen müssen, was ich erlitten habe. Niemand weiß, wie man sich fühlt, wenn man seine Frau im eigenen Haus in ihrem Blut liegend vorfindet. Und das alles nur, weil ich genau an diesem Abend glaubte, mich in Hohensyburg beim Roulette vergnügen zu müssen.

Du kommst zurück, hast leere Taschen, weil die Bank wieder einmal gewonnen hat, und findest deine Frau tot und geschändet im Schlafzimmer. Was glauben Sie, denkt man dann über seine Mitmenschen? Erklären Sie mir das. Sagen Sie Danke, das kann schon einmal bei einem Einbruch geschehen? Nein, mein Kind, dann hegen Sie Mordgedanken, mutieren zu dem Monster, was Sie Tag um Tag aufs neue bekämpfen müssen. Ich hätte diese Männer oder den Mann auf der Stelle getötet. Und soll ich Ihnen was sagen? Ich würde es liebend gerne auch heute noch tun, sollten sie mir jemals in die Finger geraten. Ja, schauen Sie nicht so entgeistert ... ich bin ein Monster, das Rache an diesen Bestien üben möchte!«

Rita Momsen konnte dem harten Blick nicht länger standhalten und senkte die Augen. Liebigs Griff löste sich von ihrer Hand. Er stand auf und bewegte sich mit schnellen Schritten zum Fenster. Niemand sollte sehen, dass wieder einmal Tränen des Zorns seinen Blick verschleierten.

»Entschuldigen Sie, Chef. Ich wusste ja nicht ...«

»Nein, ich muss mich bei Ihnen entschuldigen, Momsen. Das durfte einfach nicht passieren ... nicht vor Ihnen.«

18

Der Kreis der Mitglieder in der Gruppe wurde zusehends kleiner, was besonders ins Auge fiel, als sich die fünf Verbliebenen auf den Stühlen niederließen. Nur wenige, fast stumme Begrüßungen, bevor alle auf den nun eintretenden Dr. Ruschtin blickten.

»Das ist er also, der verbliebene Rest unserer Gruppe? Das darf einfach nicht wahr sein. Was geschieht hier? Ihr glaubt gar nicht, wie mich diese Verluste beschäftigen. Jeden Tag stelle ich mir die Frage, was ich falsch gemacht haben könnte. Die Therapie, die ich bei euch anwende, ist in Fachkreisen anerkannt und bewährt. Die kann doch jetzt nicht plötzlich falsch sein.«

Astrid war die Erste, die sich zu Wort meldete. Sie blickte in die Runde und glaubte, für alle zu sprechen.

»Das hat doch nichts mit Ihnen zu tun, Dr. Ruschtin. Die waren einfach zu schwach, um sich dem wahren Leben zu stellen. Die standen sich selbst im Weg.«

Voller Unverständnis registrierte Astrid Münch die entsetzten Blicke der Gruppenmitglieder. Selbst der neben ihr sitzende David stieß ihr den Ellbogen in die Seite und zischte ihr zu.

»Mensch, Astrid, halt die Schnauze. Was sollen die von dir denken? Du kannst doch keinem den Tod wünschen.« Lauter, als sie wahrscheinlich geplant hatte, konterte sie. »Das habe ich auch nicht gesagt. Keinem von denen habe ich gewünscht, dass sie sterben sollen. Aber das Leben ist nun einmal kein Kindergeburtstag und lebensgefährlich. Das weiß doch jeder. Jetzt stellt euch nicht so an. Noch vor einigen Tagen habt ihr alle über die Mädels hergezogen, habt euch darüber beklagt, dass die es einfach nicht schaffen, die Angst zu besiegen. Heute spielt ihr die Trauergemeinde. Das ist doch Scheiße, Leute. Sitzen hier nur Pharisäer?«

Dr. Ruschtin, der eilig herangetreten war, drückte Ingrid Kläser, die spontan aufgesprungen war, wieder zurück in ihren Stuhl.

»Stop, stop ... so geht das nicht. Es ist schlimm genug, dass wir den Tod von Mitgliedern betrauern müssen. Da lasse ich nicht zu, dass deren Andenken in den Schmutz gezogen wird. Astrid, schon lange haben wir deine Ausbrüche ertragen, sie sogar toleriert ... jetzt hast du es aber auf die Spitze getrieben. Das, was du gerade gesagt hast, verurteile ich auf das Schärfste. Ich möchte, dass du dich dafür vor der ganzen Gruppe entschuldigst. Eine solche Beschmutzung des Andenkens ist nicht tolerierbar. Also bitte ... wir hören!«

»Einen Scheiß werde ich tun. Ich lass mich doch nicht weiter von euch vorführen. Ob Sie das aufs Schärfste verurteilen, Dr. Ruschtin, geht mir glatt am Arsch vorbei. Bin ich hier im Bundestag? Ihr könnt ab sofort diesen Therapiemist ohne mich abziehen. Ich habe das sowieso nie ernst genommen, dieser ganze Psychodreck. Lasst euch ruhig weiter von dem Typen vollsülzen, ich hau ab. Komm, David, wir gehen. Die haben doch nicht alle Schweine im Rennen, verdammt. Und Ihre Entschuldigung können Sie sich irgendwo hinschieben, Ruschtin.«

Die letzten Worte begleitete Astrid mit einer vulgären Geste ihres Mittelfingers. Heftig zerrte sie am Pullover des neben ihr sitzenden David, der jedoch keine Anstalten machte, ihr zu folgen. Ungläubig starrte sie auf den Mann, mit dem sie schon seit langer Zeit nicht nur den Tee, sondern auch das Bett teilte.

»Was ist los mit dir? Hat dir der Heini auch schon das Hirn vernebelt? Komm hoch!«

»Nein, Astrid, ich bleibe. Du hast überzogen. So darf keiner mit dem Tod von Freunden umgehen.«

»Freunde? Was laberst du da? Die Tussis sind plötzlich deine Freunde? Die hatten doch einen Dachschaden, von dem sie sich jetzt selbst befreit haben. Die haben es zumindest hinter sich. Soll ich dir was sagen? Du kannst dir deine Plörren, die in meiner Wohnung sind, von der Straße aufsammeln. Komm bloß nicht mehr ins Haus, du Versager. Fuck you!«

Nur die harten Schritte Astrids, die den Raum wutschnaubend verließ, waren zu hören, bis sie alle die zuschlagende Tür wieder in die Realität zurückholte. Schon lange ertrugen die Mitglieder die Launen dieser Person, doch die heutige Vorstellung mit diesem Straßenjargon übertraf alles Vorherige. Selbst der hart gesottene

Ruschtin schleppte sich mit hängenden Schultern zu seinem Stuhl und ließ sich darauf nieder.

»Das ... das muss ich erst einmal verdauen, liebe Freunde. Bitte lasst euch davon nicht runterziehen, sondern nehmt es als Lehre an. Der Mensch kann lange täuschen, doch eines Tages offenbart er seine wirkliche Natur. Lassen wir Astrid gehen und betrachten das Geschehene als das, was es wirklich ist: ein Teil unserer Erfahrungen. Ich möchte euch darum bitten, für unsere drei Freundinnen, die uns verlassen mussten, eine Gedenkminute einzulegen. Danach lasst uns überlegen, wie wir uns vor solchen Gedanken schützen können. Ich meine damit die Gedanken, die uns den Tod als einzigen Ausweg aus einer Lebenskrise erscheinen lassen. Wenn jemand ein Gebet für die Verstorbenen sprechen möchte, dann bitte.«

19

Selbst jetzt, nach einer Nacht, in der Astrid über den Vorfall der gestrigen Versammlung nachgedacht hatte, blieb Zorn über David zurück, der ihr nicht vor all diesen Versagern beistand. Die Pest sollte den Typen holen, der damals nur durch ihre Fürsprache in die Gruppe aufgenommen wurde. Anstatt sich mit ihr zu befassen, klemmte er sich an den Rockzipfel dieser verrückten Helga Weiser, fuhr sogar mit ihr in die Pyrenäen. Das mit der Trennung musste ja kommen, da man einen so gut aussehenden Kerl nicht lange halten kann, wenn man derart bescheuert aussah und sich so scheiße benahm. Gut, dass es diese Schnepfe erwischt hatte.

Es war bereits kurz vor vier, als sich Astrid immer noch bemühte, wieder einzuschlafen. Das Bild Davids wollte einfach nicht verschwinden. Sobald sie die Augen schloss, war es da. Dieses verdammte, verführerische Lächeln würde sie ihm so gerne aus dem Gesicht schlagen. Und doch verlangten ihre Hände danach, es zu streicheln. Sie warf sich von einer Seite auf die andere, zog ihre Bettdecke bis weit über die Ohren.

Da war es plötzlich ... dieses Geräusch.

Mit einem Ruck riss sie die Decke vom Gesicht und lauschte angestrengt in den kleinen Raum, in dem ihr schmales Bett stand. Außer einem spindähnlichen Schrank fand nur noch eine kleine Konsole Platz darin. Die Luft war schnell verbraucht, da sie bei der Kälte der Nacht das Fenster nicht öffnen wollte. Leichte Erfrischung bot nur die offenstehende Tür, hinter der sie nur pralle Dunkelheit wahrnehmen konnte. Nichts ... da war nichts. Hatte sie sich das nur eingebildet? Mit einem Seufzer warf sich Astrid auf die Seite und wollte gerade die Augen wieder schließen, als es wieder zu hören war.

Ein Scharren, als würde jemand über das Laminat kratzen. Sie hatte sich also nicht getäuscht ... da war mit Sicherheit etwas. Kerzengerade saß sie im Bett und versuchte, diese elende Dunkelheit mit Blicken zu durchdringen. Kein Schatten, keine Bewegung, die ihr Aufschluss geben konnte über das, was durch ihre Wohnung schlich. Obwohl es schwierig war, Astrid Angst einzujagen, beschlich sie in diesem Augenblick ein Gefühl einer nahenden, tödlichen Gefahr. Ihre Magenwände verkrampften sich, ohne dass sie es beeinflussen konnte. Kräftig rieb sie sich über die Arme, auf der sich eine Gänsehaut gebildet hatte. Die Lippen presste sie fest aufeinander, um nicht dem Drang nachzugeben, laut zu fragen, wer sich dort herumtrieb. Ihre im Parterre liegende Wohnung bot einem Einbrecher ideale Möglichkeiten, einzusteigen. Aber das machten die doch nur bei anderen. Hier bei ihr war doch nichts zu holen. Warum also bereitete sich jemand die Mühe, sie zu beklauen?

Vorsichtig schob sie die Füße aus dem warmen Bett, suchte auf dem davorliegenden Läufer nach ihren ausgelatschten Hausschuhen. Absolut geräuschlos schlüpfte sie hinein und erhob sich. Da war es wieder ... nur diesmal viel näher. Astrid versteifte sich, als sie glaubte, dass sie an der Wade von etwas sehr Weichem berührt worden war. Es war wieder weg, als sie danach griff. Was blieb, war ein Geruch, der ihr die Armhaare erneut in die Höhe trieb. Sie kannte diesen fürchterlichen Gestank, der nur von einem Wesen ausgestoßen wurde, das sie wie die Pest hasste. Ihr Herz raste, sodass sie meinte, es würde ihr aus der Brust herausschießen. Weitere Bewegungen waren unmöglich. Kein Glied folgte ihrem Wunsch, von diesem schrecklichen Ort fliehen zu wollen. Nur zwei Finger ihrer rechten Hand pressten sich gegen den nackten Oberschenkel. Die Fingernägel gruben sich tief in die zarte Haut und rissen einen schmalen Streifen des Fleisches heraus.

Erneut spürte sie die Berührungen des Fells. Immer wieder trieb sie aufs neue die langen Fingernägel in den Schenkel, spürte das Blut, das ihr daran hinunterlief. Nur den Schmerz konnte sie nicht wahrnehmen, da das eingeschossene Adrenalin diesen unterdrückte. Sie wollte schreien, dem Entsetzen endlich eine Stimme geben, was in einem fast lautlosen Stöhnen endete. Selbst das leise Knurren der Bestie übertönte ihren Versuch. Es reichte, um Astrid in dem Zustand der Schockstarre zu halten. Ein heftiges Zittern konnte sie nicht verhindern, das den gesamten Körper wie eine Welle überzog. Die Atmung setzte für Momente aus, was von einem Hecheln abgelöst wurde. Aber auch das ebbte ab, um schließlich in einem Erstickungsanfall zu enden. Immer wieder versuchte sie, diesen rettenden Sauerstoff zu inhalieren, doch da war etwas in ihrem Hals, das eine solche Aktion verhinderte. Kraftlos sackte sie in sich zusammen, schlug mit dem Hinterkopf schwer auf die Bettkante. Bunte Ringe tanzten vor ihren Augen, als hätte sie wieder von dieser Engelstrompete genascht. Astrid bäumte sich in ihrer Not auf, versuchte ein letztes Mal, die Hand auf den zuschwellenden Hals zu pressen. Nicht eine Bewegung wurde ihr gestattet, bevor das Leben vollständig aus ihr wich. Sie spürte nicht mehr die raue Zunge des Hundes, der gierig das austretende Blut vom Oberschenkel leckte.

»Wann haben sie Ihre Freundin zum letzten Mal gesehen, ich meine lebend? Wir brauchen von Ihnen außerdem ein Alibi für die letzten etwa zwölf Stunden. David, ich muss Sie darauf aufmerksam machen, dass Sie unter Verdacht stehen, Ihre Freundin getötet zu haben. Verstehen Sie mich? Sie können die Aussage verweigern, wenn Sie befürchten müssen, dass Sie sich damit selbst belasten.«

Wie ein Haufen Elend saß David Pastise tief in den mit bunten Wolldecken belegten Sessel und presste sich die Hände vor das Gesicht. Liebigs Hände steckten tief in seinen Hosentaschen, als er sich vor dem Mann aufbaute. Um sie herum wuselte ein Heer von Männern und Frauen, die alle in weiße Plastiküberzüge gekleidet waren. Immer wieder blitzte es auf, als der Fotograf das Geschehen im Bild festhielt. Durch den Spalt der Schlafzimmertür konnte

Peter Liebig den nimmermüden Schiller erkennen, der sich, weit über die Tote gebeugt, versuchte, ein Bild vom Ablauf der Tat zu gestalten. Immer wieder drehte er den Kopf der Leiche, maß die Wundränder und schüttelte den Kopf. Endlich ein Ton aus dem Mund von Pastise.

»Herr Hauptkommissar, warum glauben Sie, dass ich Astrid getötet habe? Es gab keinen Grund. Wir wohnten ja quasi zusammen, waren befreundet. Was hat man Ihnen erzählt?«

»Warum fragen Sie danach? Wer sollte mir irgendwas erzählt haben? Gibt es etwas, wovon wir wissen sollten, Herr Pastise?«

Der Blick des Angesprochenen drückte deutlich die Unsicherheit aus, die ihm im Augenblick ein logisches Denken unmöglich machte.

»Ich spreche von dem Streit gestern Abend in der Gruppe. Hat man Ihnen noch nichts darüber berichtet? Wir haben ... nein, Astrid hat mich beschimpft und mir gedroht, dass ich hier, mitsamt meinen Sachen rausfliege. Aber das hat sie doch nur so gesagt, das kenne ich von ihr. Ich bin heute Morgen zu ihr gegangen, um mich wieder zu versöhnen. Und dann fand ich ...«

Pastise drehte sich wieder weg, riss erneut die Hände vor das Gesicht.

»Worum ging es in Ihrem Streit?«

Liebig konnte kaum verstehen, was Pastise durch die Finger sprach.

»Sie hat sich auf schlimmste Art und Weise zu den verstorbenen Frauen geäußert. Als Ruschtin sie bat, die

Gruppe zu verlassen, wollte sie, dass ich mitging. Als ich es nicht tat, hat sie auch mich beschimpft. Nun wollte ich mit ihr darüber reden. Wissen Sie, Astrid konnte sehr schnell ausfallend und vulgär werden, wenn sie sich was reingezogen hat. Am nächsten Tag ist sie dann wieder vernünftig und entschuldigt sich sogar bei den Betroffenen. Sie ist ... sie war kein schlechter Mensch. Ich hätte ihr niemals etwas antun können. Glauben Sie mir.«

Aus dem Augenwinkel stellte Liebig fest, dass Schiller sich suchend umsah und sein Blick an ihm hängen blieb. Als der auch noch winkte, wandte sich der Polizist an Pastise.

»Sie bleiben hier! Ich habe noch einige Fragen an Sie.«

»Na, Herr Professor, schon was gefunden? Ich bin ganz Ohr.«

Schiller saß mittlerweile auf der Bettkante und hielt mit schmerzverzerrtem Gesicht die Hand auf das Knie gepresst. Liebig hatte endlich die Gelegenheit, sich den Leichnam genauer anzusehen.

»Was sehen wir, Liebig? Wir sehen eine Frau mittleren Alters, die eine Wunde am Hinterkopf hat, die vom Sturz auf die Bettkante herrühren dürfte. Das hat sie aber mit an Sicherheit grenzender Wahrscheinlichkeit nicht getötet. Weiterhin habe ich offene Kratzwunden am rechten Oberschenkel feststellen können, die sich die Tote wahrscheinlich selbst beibrachte. Das bezeugen die Fleischreste unter den Fingernägeln. Wenn ich mir die Länge dieser Wunden ansehe, könnte ich vermuten, dass sie das mit angelegten, gefesselten Händen getan hat. Gegen eine Fesselung spricht allerdings, dass es dafür keinerlei Spuren an den Gelenken oder sonst wo gibt. Warum also zerkratzt sich jemand derart den Körper?«

Liebig war wortlos den Ausführungen Schillers gefolgt und wartete gespannt darauf, welchen Lösungsansatz der Mediziner ihm servieren würde.

»Hätten wir es nicht mit einer Toten zu tun, würde ich diese Verletzung als Automutilation bezeichnen, wobei sich bestimmte Menschen selbst Verletzungen zufügen. Ich möchte mich da schon jetzt festlegen, dass der Todeszeitpunkt so zwischen zwei Uhr und sechs Uhr heute Morgen liegt. Wir haben jetzt acht Uhr dreißig. Was mich an dieser Toten überrascht, ist die Tatsache, dass sie bereits jetzt in einer absoluten Starre liegt. Die ist ja eigentlich erst nach etwa acht bis neun Stunden nach Todeseintritt voll ausgebildet. Selbst die Muskulatur hat sich noch nicht bemerkenswert zusammengezogen. Das kann für mich nur bedeuten, dass sie in einer Angststarre quasi erstickt sein muss.«

»Wollen Sie mir damit sagen, dass die Frau vor Angst gestorben ist? Geht so was überhaupt? Du wirst doch trotzdem weiteratmen ... oder täusche ich mich da?«

»Oh ja, Liebig. Die normale Angst äußert sich in der Unfähigkeit, Herr über einen emotionalen Dekompensationszustand zu werden. Bei Vielen ist zumindest die Möglichkeit eingeschränkt, die Reaktionen über den Verstand zu steuern. Das ist aber in der Regel ungefährlich. Das kennt jedes Kind.

Hier scheint dieser Zustand aber zu einer Lähmung der Atmung geführt zu haben. Diese Frau ist sozusagen erstickt, weil ihr Hirn die nötigen Befehle verweigerte und zusätzlich den gesamten Körper in eine Schockstarre legte. Sie war unfähig, ihre Glieder zu bewegen, bis schließlich das Herz auf die fehlende Sauerstoffzufuhr reagierte und zack ... aus die Maus.«

Schiller begleitete diese letzte Bemerkung mit einer entsprechenden Handbewegung, indem er den Finger quer zum Hals bewegte. Liebig konnte einfach nicht glauben, was er vor wenigen Augenblicken zu hören bekam.

»Kann es sein, dass die Frau vor ihrem Tod noch etwas sah, was diesen Krampf auslöste? Ich frage deshalb, weil ein Ausdruck in ihrem Gesicht vorhanden ist, der mir den Verdacht aufdrängt, als hätte sie den Teufel gesehen.«

»Das ist mir auch schon aufgefallen, Liebig.«

»Nun wird mir manches viel klarer. Die Frau war Mitglied in der Ruschtin-Gruppe und muss eine Phobie besessen haben. Warten Sie mal einen Augenblick!«

Liebig beeilte sich, zu Pastise zu kommen, den er in der Küche mit einem Glas Wein in der Hand fand.

»Hören Sie, Pastise. Sie müssten doch eigentlich wissen, unter welcher Phobie Ihre Freundin litt. Können Sie mir das sagen? Ist sehr wichtig.«

Pastise ließ das Glas sinken, aus dem er gerade trinken wollte.

»Ich weiß nur, dass sie sich immer vor Hunden fürchtete. Sie konnte nicht einmal den Geruch oder das Bellen ab. Dann bekam sie schon Gänsehaut. Warum fragen Sie?«

Liebig drehte sich wortlos ab und ließ den Mann ohne Antwort zurück. Schiller sah ihn fragend an.

»Hunde. Sie hatte Angst vor Hunden.«

»Das ist ja interessant, Liebig. Ich habe mich schon gewundert, wieso ich Hundehaare an den Waden einer Frau finde, die ansonsten nach Seife riecht. Wir haben auch keine Spuren eines Tieres im Haus gefunden. Mit Ausnahme einer Stelle. Diese Wunde am Oberschenkel muss heftig geblutet haben. Ich fand aber keine Ablaufspuren. Die sind dann wohl sauber von dem Tier abgeleckt worden. Wo ist dann dieser Monsterhund, der so schrecklich aussieht, dass er einen Menschen vor Angst sterben lässt? Und wie ist der in die Wohnung und wieder hinaus gekommen? So, wie ich das bisher mitbekommen habe, war dieser Pastise als erster hier in der Wohnung. Da muss wohl noch jemand einen Schlüssel besitzen, wenn Pastise nicht der Täter war, denn eingebrochen wurde nicht.«

»Das, mein lieber Schiller, muss ich jetzt herausfinden.«

20

»Ich habe den Bericht von Dr. Schiller gerade in der Haus-
post, Chef. Ist das wirklich wahr, dass unser letztes Opfer
vor lauter Angst gestorben ist? Das kann ich mir einfach
nicht vorstellen. Was sollte einem Menschen denn so viel
Furcht einflößen, dass er daran stirbt?«

Rita Momsen wedelte mit dem Obduktionsbericht und
näherte sich Liebigs Schreibtisch. Der winkte schon
ungeduldig.

»Rita, es gibt auf dieser Welt so viele Phänomene, die
wir uns nicht erklären können, doch das, was wir hier vor-
finden, ist gar nicht mal so selten. Fast jeder von uns
fürchtet sich vor irgendwas, wobei das mehr auf Frauen
zutrifft, als auf Männer. Diese Ängste werden uns meist
schon anerzogen, wie ich von unserem Herrn Doktor
gelernt habe. Irgendwann sollten wir ihn einmal bitten, der
Abteilung einen Kurzvortrag darüber zu gönnen. Sehen
Sie, auch ich kann mich von einer bestimmten Angst nicht
freisprechen.«

»Sie, Herr Liebig? Das kann ich mir nicht vorstellen.
Sie wirken so ... ich meine, so unerschütterlich. Ihnen kann
doch nichts Angst einjagen.«

»Danke für Ihr starkes Vertrauen. Eine Frage: Besitzen Sie einen Führerschein?«

»Natürlich, den hatte ich schon, bevor ich Achtzehn wurde. Warum fragen Sie?«

»Dann darf ich Ihnen schon heute einen guten Rat geben. Fragen Sie mich nie, ob Sie fahren sollen, wenn ich mit im Wagen sitze. Das ist so ziemlich das Schlimmste, was man mir antun kann. Ich sterbe vor Angst, wenn ich Beifahrer sein muss. Jeder, mit dem ich mitfuhr, bremst für mein Empfinden viel zu spät. Kennen Sie das Gefühl?«

Bei Rita Momsen schien ein Groschen zu fallen. Sie nickte eifrig.

»Ja, ja ... das kenne ich. Bei meinem Papa habe ich diese Angst nicht, aber wenn meine Mutter am Steuer sitzt ... das geht gar nicht. Dann kralle ich mich immer am Sitz fest. Am liebsten würde ich dann die Tür aufreißen und rausspringen.«

»Sehen Sie, so geht es mir bei jedem, der am Steuer sitzt. Ich kann nicht einmal in aller Ruhe Busfahren. Und jetzt kommen wir wieder auf Ihre Frage zurück. Das ist eine von zig Formen einer Phobie.

Mal so ganz am Rande. Mir ist da beim Nachforschen eine besondere Art ins Auge gefallen. Schaffen Sie sich bloß keinen Freund an, der unter einer Caligynephobie leidet. Der leidet nämlich unter der Angst vor schönen Frauen. Verrückt oder nicht?«

»Das haben Sie gerade eben erfunden, oder? Sollte das vielleicht ein Kompliment werden? Wenn ja, war es wenigstens mal ganz anders, als bei den meisten Kerlen.«

»Nein, nein, Momsen. Ich habe das wirklich gelesen. Aber es passt trotzdem hervorragend zu Ihrem Aussehen. Lassen Sie uns besser weitermachen, sonst verklagen Sie mich noch wegen sexueller Belästigung.«

Es war spürbar, wie Rita Momsen die letzten Bemerkungen ihres Chefs verarbeitete. Lange ruhte ihr Blick auf ihm, bis sie seine weiteren Worte wieder in die Realität zurückholten.

»Hallo, Erde an Rita Momsen. Sie wollten mir eigentlich den Bericht bringen. Kann ich damit noch im Laufe dieses Vormittags rechnen?«

»Sorry. Ich habe gerade noch mal über das nachgedacht, was Sie mir sagten. Ich meine damit natürlich diese Ängste. Ist schon irgendwie gruselig.«

»Wir halten mal fest. Von den ehemals vierzehn Teilnehmern der Selbsthilfegruppe sind augenblicklich noch vier übrig geblieben. Sechs sind, sagen wir einmal, auf recht mysteriöse Weise aus dem Leben geschieden. Der Rest hat sich schon vorher aus den verschiedensten Gründen aus der Gruppe verabschiedet. Wir müssen uns wohl oder übel intensiv mit den verbliebenen vier beschäftigen, da unter ihnen möglicherweise der Täter oder die Täterin zu suchen wäre. Allerdings dürfen wir dabei diesen Dr. Ruschtin nicht vergessen. Die älteren Mitglieder wurden ja bereits beleuchtet und können normalerweise vorläufig aus dem Fokus genommen werden. Wir haben es mit fünf Verdächtigen zu tun, Momsen. Wie ist Ihre Meinung dazu? Das würde mich schon interessieren.«

»Sie wollen ... Sie wollen tatsächlich wissen, was ich davon halte? Jetzt verwirren Sie mich aber ein wenig, Herr Liebig. Ich bin doch erst einige Wochen hier bei Ihnen. Da fehlt mir doch jede Erfahrung.«

Nichts war im Gesicht des Hauptkommissars zu lesen, als er weiterhin schweigend die Praktikantin beobachtete, die völlig konsterniert nach Worten suchte. Schließlich ergänzte er seine Frage.

»Momsen, hören Sie. Das hat nichts mit Erfahrung zu tun. Vertrauen Sie Ihrer Intuition. Oftmals ist es viel ergiebiger, wenn man ohne jede Sachkenntnis seinem Gefühl folgt. Sie sind völlig unbelastet und können die Sachlage losgelöst von der Logik des Fachmanns beurteilen. Dieser Fall ist auch für mich kein Alltag, sodass ich nicht nach Gesetzmäßigkeiten urteilen kann. Ich gebe es ungern zu, aber ich trampel derzeit auf der Stelle. Und jetzt legen Sie endlich los.«

Rita fasste ihren gesamten Mut zusammen und wühlte in den Unterlagen.

»Eigentlich haben Sie ja schon vorhin die Fakten dargestellt. Ich kann mich Ihrer Meinung bezüglich des Täterkreises nur anschließen. Was ich mir wünschen würde, wäre eine intensivere Recherche des Umfeldes der Verdächtigen. Da muss es etwas geben, was alle Opfer, aber gleichzeitig auch den Täter mit ihnen verbindet. Dazu müsste intensiv jeder Einzelne von denen durchforstet werden. Entschuldigen Sie bitte, wenn ich in diesem Zusammenhang eine Frage stellen möchte.«

»Nur zu, ich höre.«

»Warum, in Gottes Namen, beschäftigen sich mit diesem Fall nur wir zwei? Wir haben es mit mindestens fünf Opfern zu tun, vielleicht sogar noch mehr. Wird da nicht automatisch eine SoKo gebildet? Die ganze Arbeit schaffen wir nicht alleine.«

»Genau meine Worte, kleines Fräulein. Sie haben das Problem auf den Punkt gebracht.«

Keiner von beiden hatte bemerkt, dass Kriminalrat Rösner den Raum betreten hatte und die letzten Worte mitbekam. Jetzt schob sich der hagere, fast schon krank wirkende Dezernatsleiter näher an den Tisch heran. Rita Momsen sprang wie von einer Tarantel gestochen hoch und starrte entschuldigend auf Liebig, der ihr beruhigend zuzwinkerte. Rösner drückte Rita wieder auf den Stuhl zurück und setzte sich auf die Fensterbank.

»Fräulein Momsen, Sie haben das Glück, von dem erfolgreichsten Beamten dieses Hauses ausgebildet werden zu dürfen. Das ist die eine Seite der Medaille. Doch die hat bekanntermaßen auch eine andere. Das ist der sturste Kerl, den ich jemals kennengelernt habe. Seit Tagen versuche ich, den umzustimmen. Sie sind ein schlaues Mädchen und haben das Hauptproblem sehr schnell erkannt. Nun habe ich mich dazu entschieden, dieses Problem nicht länger zu dulden. Die Presse hat Wind von der Sache bekommen und rückt uns auf die Pelle. Der Alte hat mich gestern schon gefragt, wie weit wir sind und ob er noch weitere Leute auf die Sache ansetzen solle. Der ist fast ausgerastet, als er hörte, dass an dieser Sache nur ein Mann dran wäre.«

»Aber hören Sie ...«

»Nein, Liebig, jetzt hören Sie mir zu! Wir haben entschieden, und genau deshalb bin ich auch hier, dass wir ein Team zusammenstellen, das Sie als SoKo-Leiter unterstützen wird. Noch heute, mein lieber Liebig, erwarte ich von Ihnen eine Liste der Leute, die Sie ins Team holen möchten. Dieses Privileg besitzt nicht jeder im Haus. Also denken Sie gut nach. Der Name der Soko wird MONIKA sein, angelehnt an das erste Opfer. Und Liebig ... ich wünsche keine Alleingänge mehr. Ist das klar? Die Liste liegt in drei Stunden auf meinem Tisch. Morgen früh nehme ich persönlich am ersten Meeting teil.

Noch ein Wort an Sie, meine Liebe. Lassen Sie nicht nach und zeigen diesem verrückten Kerl, dass man gemeinsam noch viel mehr bewirken kann. Ich begreife das einfach nicht. Da muss erst so ein kleines, aber aufmerksames Fräulein in dieser Abteilung auftauchen, um dem Sturkopf die Leviten zu lesen. Großartig, einfach großartig.«

Rösner legte beim Hinausgehen seine Hand anerkennend auf die Schulter der Praktikantin, aber nicht, ohne Liebig einen gespielt bösen Blick zuzuwerfen. Die eintretende Stille im Raum lärmte in den Ohren.

113

21

Die Mannschaft, die Liebig sorgsam, aber mit einer gewissen Wut im Bauch zusammengestellt hatte, versammelte sich nach der Erstbesprechung in kleinen Gruppen, die weitere Vorgehensweise diskutierend. Jeder von ihnen kannte Liebigs Abneigung gegen gemeinsames Vorgehen. Die Geschichte, die ihn zum Einzelkämpfer machte, war jedem der älteren Kollegen bekannt und so mancher von ihnen brachte sogar Verständnis für diesen verbitterten Mann auf. Schließlich war es ein ehemaliger Kollege, der durch eine Fehleinschätzung Mitschuld trug am Tod von Sybille Liebig.

Herbert Kallmann aus dem Betrugsdezernat nahm seinen älteren Kollegen Spiekermann zur Seite und stellte seine Frage im Flüsterton.

»Hören Sie, Spiekermann, jeder hier im Raum munkelt was von einem Vorfall, der Liebig betrifft. Keiner will so richtig mit der Wahrheit raus. Was ist damals passiert? Sie wissen, ich bin erst vor sechs Monaten hierher versetzt worden. Doch das würde mich schon interessieren, ob ich dem Teamleiter vertrauen kann, oder ob es Vorbehalte gegen ihn gibt.«

»Um Gottes willen, Kallmann. Auf Liebig kann hier jeder zählen. Ich gebe ehrlich zu, dass diesem Mann, wenn es um Ermittlungen geht, keiner von uns das Wasser reichen kann. Der hat einen Riecher für Dinge, die uns wahrscheinlich erst viel später, vielleicht sogar nie aufgefallen wären. Er besitzt diesen berühmten siebten Sinn.«

»Aber es muss doch einen Grund dafür geben, warum er ständig allein ermittelt.«

»Sind Sie verheiratet, Kallmann?«

»Nein, ich habe noch keine ...«

»Ist ja gut, ist ja gut. Dann werden Sie wohl nicht so richtig nachvollziehen können, was dieser Mann durchgemacht hat. Es müsste jetzt so etwa zehn Jahre her sein, als es passierte. Wir sind hier und da mit einigen Kollegen ein paar Mal um die Häuser gezogen. Das war so üblich. Liebig hatte, zumindest damals, eine gewisse Spielleidenschaft und verabschiedete sich an manchen Abenden nach Hohensyburg in die Spielbank. Klar, dass das seiner Frau nicht besonders gefiel, weil da schon des Öfteren Summen verloren gingen, die man besser für das neue Haus hätte gebrauchen können. Das sah Liebig anders, zumal das schon zur Sucht wurde.«

Spiekermann legte eine kurze Pause ein, als Liebig an ihnen vorbei zum Ausgang lief.

»An diesem besagten Abend war es mal wieder so weit, dass er diesen Kick suchte. Tage zuvor hatte er allerdings einen Anruf von jemandem erhalten, der anonym blieb, aber ihm andeutete, dass er ihm kräftig in den Arsch treten würde und dass er auf seine Familie achten sollte. Eigentlich gehen solche Drohungen häufiger bei uns ein, wobei sich rausstellt, dass nur jemand seinen Frust loswerden will, den wir in den Knast gebracht haben. In der Regel tut sich dann nichts mehr.«

»Hier, denke ich, war das aber anders, oder?«

»Das war alles andere als ein Fake. Liebig bat seinen Partner Richmann, während seines Nachtdienstes ab und zu an seinem Haus vorbeizufahren und nach dem Rechten zu sehen. Dann verschwand er ins Kasino. Richmann ist zwar einmal am Haus gewesen und hat dort Licht gesehen, ist aber nicht rein. Verstehen Sie?«

»Nein, verstehe ich nicht. Was ist tatsächlich passiert?«

»Sybille Liebig war da schon längst tot. Man ist in das Haus eingedrungen, hat die Einrichtung zertrümmert und die arme Frau mehrfach vergewaltigt. Dieses Schwein hat ihren Körper anschließend vor den offenen Kamin gebunden und Sybille bei lebendigem Leib fast verbrannt. Liebig hat danach mehrere Monate in einer Anstalt verbracht, bevor er wieder in den Außendienst durfte.

Dass sich der Kollege Richmann kurz nach dem Vorfall in den Ruhestand versetzen ließ, hatte zumindest den Vorteil, dass Liebig ihn nicht jeden Tag wiedersehen musste. Er hat dem ehemaligen Partner diesen Fehler wohl bis heute nicht verzeihen können. Und sich selbst macht er für Sybilles Tod ebenfalls verantwortlich. Bitte sprechen Sie ihn niemals auf diese Sache an. Der reißt Ihnen sonst das Herz aus der Brust!«

»Das kann ich gut verstehen. Mein Gott, wie schrecklich. Hat man den oder die Täter jemals gefunden?«

»Nein. Und genau das lässt den Mann nie zur Ruhe kommen. Der Mörder hatte durch diese verabscheuungswürdige Tat seine Rache und somit das erreicht, was er wollte. Wir sind alle alten Fälle von Liebig durchgegangen, aber zu keinem Ergebnis gekommen. Wenn der Täter sich nicht selber stellt, wird das zu den ungeklärten Fällen in die Geschichte des Hauses eingehen. Wahrscheinlich nimmt der sein Geheimnis mit ins Grab.«

22

»Na, das ist aber eine Überraschung, Dr. Ruschtin. Hat Ihnen Ihr Anwalt angeraten, doch mit uns zusammenzuarbeiten? Was kann ich für Sie tun? Möchten Sie eine Aussage machen?«

»Lassen Sie bitte Ihren Zynismus aus dem Spiel, Herr Hauptkommissar. Ich habe mir nichts zuschulden kommen lassen und habe mich nur auf mein Recht berufen. Allerdings möchte ich mich nicht querstellen und mit Ihnen zusammenarbeiten. Wenn ich also helfen kann, immer gerne. Wenn es Ihre Zeit erlaubt, würde ich gerne heute Mittag vorbeikommen, damit Sie Ihre Fragen loswerden können. Des Weiteren habe ich noch eine kleine Überraschung für Sie.«

»Eine Überraschung? Was darf ich mir darunter vorstellen?«

»Mensch Liebig. Wenn ich Ihnen das jetzt verrate, ist es doch keine Überraschung mehr. Hat Ihnen das nicht schon Ihre Mutter beigebracht? Ich würde sagen, so um dreizehn Uhr? Ich freue mich.«

Etwas ratlos starrte Liebig auf das Telefon. Der Mann hatte einfach aufgelegt. Ruschtin wirkte wie ausgewechselt gegenüber ihrem letzten Gespräch. Das konnte nicht nur an dem schmierigen Anwalt gelegen haben, der sich dumm und dämlich verdiente an ausgesuchten Verfahren, die in der Öffentlichkeit werbewirksam für ihn publiziert wurden.

Mit lediglich fünf Minuten Verspätung traf Ruschtin im Vorzimmer des Morddezernates ein und wurde von Rita in das Büro geführt.

»Ich möchte gerne auf Ihr Angebot mit dem Kaffee zurückkommen, den ich letztens abgelehnt habe. Den bereiten Sie sicherlich vorzüglich zu.«

Liebig musste schmunzeln, als er in das Gesicht seiner Praktikantin sah, die ihre Überraschung nicht vollständig verbergen konnte.

»Darf ich dann auch einen frischen Kaffee haben, Fräulein Momsen? Der hier dürfte schon Stunden alt sein.«

Ohne eine Antwort zu geben, wirbelte Rita herum und verschwand in der kleinen Küche am Ende des Ganges. Erwartungsvoll blickte Liebig auf seinen Besuch.

»Ich stehe Ihnen nun zur Verfügung. Fragen Sie.«

»Das freut mich, Dr. Ruschtin. Mir fehlen noch einige Details, was den Zeitraum betrifft, als Susanne Klever auf den Gleisen den Tod fand. Mittlerweile wissen wir, dass es keine Selbsttötung war. Jemand hat den Tod der jungen Frau bewusst herbeigeführt.«

»Was genau möchten Sie mir damit sagen?«

»Das ist doch gar nicht schwer zu verstehen. Bereits bei der Leichenschau am Tatort wurde uns klar, dass Susanne

119

Klever nicht freiwillig vor den Zug sprang, sondern dass dabei massiv nachgeholfen wurde. Die Obduktion der Leiche bestätigt diese Annahme definitiv. Es liegen außerdem Aussagen von Zeugen vor, dass sich eine weitere Person am Tatort aufhielt. Und darauf können Sie sich verlassen, wir werden denjenigen, beziehungsweise diejenigen finden, die für den Mord verantwortlich sind.

Sie kennen das Prozedere ja schon, Herr Ruschtin. Ich möchte auch Sie darum bitten, uns wieder einmal Ihren Aufenthaltsort während des Abends der Tat mitzuteilen.«

Wenn Liebig mit lautem Protest gerechnet hatte, wurde er diesmal enttäuscht. Absolut entspannt schlug der Psychotherapeut die Beine übereinander und nahm mit einem dankbaren Lächeln die Kaffeetasse aus Ritas Hand entgegen.

»Diesmal habe ich etwa zehn Zeugen, die Sie befragen können. Ich war zu einer Probe für meine Veranstaltung.«

»Probe? Was für eine Probe? Sind Sie an einem Laientheater tätig? Wo fand das Ganze statt? Darf ich die Adresse und die Namen von Zeugen haben? Wann begann diese Probe und wie lange dauerte sie?«

Als hätte Ruschtin diese Fragen erwartet, reagierte er gelassen und antwortete geduldig.

»Ich kann verstehen, dass Sie verwundert reagieren. Aber das baut mir gleichzeitig eine Eselsbrücke zu dieser versprochenen Überraschung.«

Er griff in die Seitentasche seines Sakkos und beförderte einen Umschlag heraus, den er mit einer theatralischen Geste wortlos über den Schreibtisch reichte.

»Was ist das?«

»Sehen Sie nach und Sie werden sofort die Antwort auf einen Teil Ihrer Fragen erhalten. Nur zu ... öffnen Sie den Umschlag.«

Entschlossen zog Liebig zwei Eintrittskarten aus dem Umschlag, die zu einer Zaubershow einluden, die in Kürze im Colosseum-Theater stattfinden sollte. Ruschtin entdeckte mit Freude eine gewisse Ratlosigkeit im Gesicht des Polizisten.

»Da staunen Sie sicher, Herr Liebig. Das verstehe ich gut, denn die Wenigsten wissen von meiner Nebentätigkeit, von meiner eigentlichen Berufung. Ich habe mich vor Jahren einem Hobby hingegeben, in dem ich die Kunst des Zauberns erlernte. Zuerst trat ich auf kleinen Bühnen auf und bin nun unter dem Künstlernamen *Rapido* bekannt. Als Illusionist zu arbeiten, hat mich schon als junger Mann begeistert. Auch darin liegt einer der Gründe, warum ich mich aus dem Bereich der Psychotherapie weitestgehend zurückgezogen habe. Man soll sich im Leben Träume erfüllen und sie nicht nur vor sich hertragen.

Ich würde mich darüber freuen, Sie und Ihre reizende Gattin bei der Veranstaltung, aber auch später Backstage begrüßen zu dürfen.«

Sofort bemerkte der erfahrene Mann, dass sich der Gesichtsausdruck des Polizisten veränderte.

»Habe ich etwas Falsches gesagt, oder habe ich Sie beleidigt?«

»Nein, nein, Herr Ruschtin. Das konnten Sie nicht wissen. Ich lebe allein, meine Frau verstarb vor Jahren.«

»Das tut mir sehr leid für Sie. Entschuldigen Sie bitte. Dann nehmen Sie doch dieses bezaubernde Wesen dort mit. Ich verspreche Ihnen, dass Sie beide den Besuch nicht bereuen werden.«

Rita Momsen blieb wie angewurzelt stehen, als sie die Blicke der beiden Männer spürte.

»Was?«

Liebig winkte lachend ab, als sich die Praktikantin näherte.

»Nachher, Rita. Ich kläre Sie nachher auf. Das ist im Augenblick nicht so wichtig.«

Dr. Ruschtin strich sich genüsslich über den Bart und amüsierte sich über die Ratlosigkeit in Rita Momsens Gesicht. Liebigs Frage holte ihn wieder zurück zum Zweck des Besuchs.

»Darf ich trotzdem um die Namen bitten und um Angabe der Probezeiten? Schreiben Sie mir die auf, die Ihnen gerade einfallen.

Wir werden nun die Ermittlungen weiter vorantreiben, womit ich sagen will, dass wir Erkundigungen auch über die wenigen Leute einziehen werden, die in Ihrer Gruppe noch verblieben sind. Bei denen, aber doch auch bei Ihnen, müsste zumindest eine gewisse Unsicherheit vorherrschen. Nach und nach sterben die Freunde weg. Das kann man doch schließlich nicht so einfach als normale Fluktuation abtun. Ich muss zugeben, dass ich an deren Stelle schon Angst verspüren würde, der Nächste zu sein. Man könnte meinen, da arbeitet jemand eine Todesliste ab. Sehen Sie das anders?«

»Nein, nein, Herr Liebig, ich sehe das genau wie Sie. Wir haben auch schon darüber diskutiert. Es darf allerdings nicht meine Aufgabe sein, die Ängste noch weiter anzufachen ... ganz im Gegenteil. Es ist derzeit sehr schwer, die Gruppe zu beruhigen, und ich versuche, das Geschehene etwas runterzuspielen. Doch ganz ehrlich ... ich selbst habe sogar Angst, große Angst. Jeden Tag stelle ich mir die Frage, was der- oder diejenige damit bezwecken könnte. Das macht alles keinen Sinn. Logisch nachvollziehbar ist das jedenfalls nicht, es wirkt sogar völlig irrational. Da muss jemand eine Art von perverser Befriedigung empfinden, wenn er die Hilflosigkeit, die tief sitzenden Ängste von Menschen, in perfider Art und Weise ausnutzt. Das ist krank und bedarf einer Behandlung. Das Ganze setzt jedoch voraus, dass der Täter explizit Kenntnis über deren Phobien besitzt. Das bereitet mir besondere Angst, denn das lässt den einzigen Schluss zu, dass es jemand aus der Gruppe, doch zumindest aus dem nahen Umfeld sein muss. Ich kann gut verstehen, wenn Sie sogar mich in den Kreis der Verdächtigen mit einbeziehen.«

Aufmerksam war Liebig dem Vortrag des Therapeuten gefolgt. Selbst Momsen stand mit vor der Brust verschränkten Armen vor ihrem Büro und lauschte. Langsam kam sie näher.

»Sie kennen Ihre Leute doch besonders gut. Gibt es in dem verbleibenden Kreis jemand Bestimmten, dem sie ein solches Spiel wirklich zutrauen würden? Für mein Verständnis setzt das ja eine große Portion Kaltblütigkeit und Cleverness voraus. Oder gehen wir noch einen Schritt weiter. Könnte es sein, dass sogar weitere Menschen im erweiterten Kreis Kenntnis über die Phobien Ihrer Gruppenmitglieder haben könnten? Ich denke da an Familienmitglieder oder sehr enge Freunde. Hat in diesem Punkt in der letzten Zeit eine Person Ihnen gegenüber besonderes Interesse gezeigt?«

Lange überlegte Ruschtin und schüttelte schließlich den Kopf.

»Nein, da muss ich passen. Es würde mir aber auch sehr schwerfallen, womöglich falsche Verdächtigungen auszusprechen. Ich vermute den Täter außerhalb der Gruppe. Ich kann es nicht erklären, es ist reine Intuition. Das wäre mir doch auch ansonsten an deren grundsätzlichem Verhalten aufgefallen. Niemand kann sich auf Dauer verstellen, ich meine eine falsche Rolle spielen. Derjenige muss doch Hass gegen jeden oder perverse Lust am Töten empfinden. Das spürt man doch, verdammt.«

Nun schaltete sich Liebig wieder ein, der seine Bewunderung gegenüber seiner jungen Gehilfin nicht verbergen konnte und auch nicht wollte.

»Das sind interessante Überlegungen, die wir berücksichtigen müssen. Also werden wir die Ermittlungen noch ausweiten müssen. Danke, Rita. Ach, bevor ich es vergesse. Dr. Ruschtin hat mich gerade zu seiner Zaubershow ins Colosseum eingeladen. Hätten Sie Lust ...?«

»Ja, habe ich.«

»Also das ist am ...«

»Völlig egal, ich komme mit. Danke, Herr Ruschtin. Wir kommen gerne.«

Ruschtin wirkte sichtlich belustigt, als er den erstaunten Blick des Polizisten bemerkte, der hinter Rita Momsen herschaute. Auf Liebigs Bitte hin folgte noch ein kurzer Einblick in die außergewöhnliche Welt der Zaubereien und der Illusion. Für einen Moment konnte sich der Beamte in eine lockere Unterhaltung verabschieden.

23

Es war mindestens zwölf Jahre her, dass Liebig diese breite Treppe zum Colosseum zuletzt hinaufgestiegen war. Wenn er sich recht erinnerte, besuchte er damals mit Sybille das Musical *Elisabeth*. Das war absolut nicht seine Richtung, da er auf Rockmusik abfuhr. Aber für sie, als hoffnungslose Romantikerin, war es ein Herzenswunsch, den er ihr gerne erfüllte.

Heute, schon eine Stunde vor der Vorstellung tummelten sich zahlreiche Menschen im Eingangsbereich, rauchten noch eine Zigarette, tauschten den neuesten Klatsch aus. Rita Momsen winkte ihm von der obersten Stufe zu. Liebig musste zugeben, dass ihr der auberginefarbene Hosenanzug sehr gut stand. *Wieso war mir bisher nicht aufgefallen, welch perfekten Body dieses Mädel besitzt?* Schnell verwarf er diesen Gedanken, da Sybilles Gesicht einmal mehr vor seinen Augen auftauchte. Das geschah immer dann, wenn er sich an Orten befand, die sie einst gemeinsam besuchten.

»Möchten Sie vorher auch etwas trinken? Jetzt ist noch nicht so viel Betrieb an der Bar. Ich hol uns was. Bier oder lieber was Alkoholfreies?«

»Oh, nein, lassen Sie mich das machen, Rita. Ich lade Sie ein. Ich nehme ein Wasser und für Sie darf ich sicherlich ein Glas Sekt ...?«

»Auf keinen Fall Sekt, Herr Liebig. Ein Pils reicht völlig aus. Ich warte drüben am zweiten Stehtisch links.«

Liebigs Blicke ruhten auf der anwachsenden Menge von Besuchern, während Rita fröhlich drauflos plapperte und Anekdoten aus ihrer immer noch andauernden Jugendzeit feilbot. Dass sich die verbliebenen Mitglieder der Ruschtin-Gruppe unter den Besucherscharen befanden, wunderte Liebig überhaupt nicht, da sie wohl, ähnlich wie er, Freikarten besaßen. Er erwiderte freundlich lächelnd ihr Winken von der oberen Empore.

Es war nur ein Augenblick, der Liebig ablenkte. Der Moment, als er glaubte, das Gesicht von Armin Hölscher, dem ehemaligen Partner von Ruschtin, erkannt zu haben. Er suchte die Menschenmenge ab, hinter der dieser Mann eingetaucht war.

»Einen kleinen Augenblick, Rita, ich bin sofort wieder bei Ihnen. Ich meine, einen alten Bekannten gesehen zu haben. Nur ein paar Minuten, bitte.«

Ohne die Antwort seiner Begleiterin abzuwarten, entfernte sich Liebig und stoppte Rita mitten im Satz. Es war nicht einfach für ihn, sich durch die dichtstehenden Gruppen zu bewegen, ohne von wilden Flüchen verfolgt zu werden. Keine Spur von Hölscher. Selbst auf den Herrentoiletten wurde er nicht fündig. Nachdenklich trat er wieder an den Tisch, wo Rita mit fragendem Blick auf ihn wartete.

»Na, haben Sie Ihre Bekannten gefunden?«

»Nein, nein, ich muss mich wohl geirrt haben. Ich glaube, schon den zweiten Gong gehört zu haben. Gehen wir rein?«

Der Stehtisch im Foyer war in der Pause stark umlagert, da sich die vier verbliebenen Gruppenmitglieder zu Liebig und Rita Momsen gesellt hatten. Es herrschte allgemein große Begeisterung für das bisher Gesehene. Niemand hätte dem Leiter ihrer Selbsthilfegruppe diese Fähigkeiten zugetraut. Bei der einen oder anderen Darbietung war stilles Erstaunen im Publikum entstanden, um dann von tosendem Applaus abgelöst zu werden. Das war nach Meinung vieler Umstehenden ganz großes Kino. Selbst Liebig konnte sich einer gewissen Bewunderung nicht entziehen. Dennoch vergaß er nie, dass sich womöglich ein gewissenloser Mörder unter ihnen befand, der sich hinter der Maske des Biedermanns versteckte. Er hörte den Gesprächen aufmerksam zu, analysierte jede Bemerkung. Er wusste als erfahrener Ermittler, dass es oft die Kleinigkeiten waren, die einen Täter verrieten, ihn diese alles entscheidenden Fehler machen ließ.

Liebig zuckte zusammen, als er das Tippen auf seiner Schulter bemerkte. Die Stimme, die er hinter sich hörte, kam ihm auf Anhieb bekannt vor. Schon bevor er sich umdrehte, war er sich sicher, Roland Weiser vor sich zu haben.

»Ich muss zugeben, dass ich überrascht bin, Sie hier zu treffen, Herr Weiser. Zufall oder wussten Sie von der

Nebentätigkeit Ruschtins? Er trägt doch schließlich einen Künstlernamen.«

»Das ist doch längst kein Geheimnis mehr, Herr Hauptkommissar. Gehen Sie mal ins Internet. Dort finden Sie fast jedermanns Lebensgeschichte. Doch von diesem Auftritt hier in Essen habe ich eher durch Zufall erfahren, da muss ich Ihnen recht geben. Hätte nie gedacht, dass man solche unglaublichen Tricks durchführen kann. Einfach großartig. Wie ich sehe, ist ja ein Teil der Gruppe ebenfalls versammelt.«

Während Weiser jedem die Hand reichte, wechselten Rita und Liebig vielsagende Blicke. Rita war es, die sich nicht zurückhalten konnte.

»Sie kennen sich alle? Sagten Sie nicht, dass Sie in den letzten Jahren keinen nennenswerten Kontakt mehr zu Ihrer Schwester hatten? Sie scheinen sich ja trotzdem gut im Umfeld von Monika auszukennen. Wie darf man das verstehen?«

»Mit wem habe ich die Ehre, wenn ich fragen darf?«

Liebig sprang Rita helfend zur Seite, bevor sie verriet, dass sie lediglich Praktikantin in seinem Dezernat war.

»Das ist Frau Momsen, die vorübergehend in meine Abteilung versetzt wurde, um diese Mordserie schneller aufklären zu können. Aber die Beantwortung dieser Frage würde mich ebenfalls interessieren.«

»Mordserie? Wieso sprechen Sie plötzlich von einer solchen? Ich dachte, es handelt sich bei Monikas Tod um einen Suizid. Gibt es Anlass, das anzuzweifeln? Und was soll das mit Mordserie? Gibt es noch mehr Todesfälle?«

Das Gespräch wurde vom dritten Gong unterbrochen, der die Besucher wieder zurück in das Theater rief. »Wie Sie hören, Herr Weiser, müssen wir leider an dieser Stelle abbrechen. Wir können, nein, besser gesagt, wir müssen die Unterhaltung nach der Vorstellung weiter fortsetzen. Hier, an der gleichen Stelle?«

»Aber gerne, Herr Hauptkommissar. Ich freue mich.« In Erwartung weiterer kleiner Wunder schob sich der Besucherstrom zurück in den Theatersaal.

»Der kommt nicht mehr, Herr Liebig. Dieser Weiser hat etwas zu verbergen, da bin ich mir sicher. Der müsste doch längst hier sein. Die meisten Gäste sind schon auf dem Weg nach Hause. Sagten Sie nicht, dass wir noch einen Backstage-Besuch bei dem großen *Rapido* haben? Es würde mich schon interessieren, wie es hinter dem Vorhang aussieht. Bitte, Chef, lassen Sie uns zu ihm gehen.«

Liebig konnte nicht behaupten, dass es ihm unangenehm war, als sich Rita Momsen bei ihm unterhakte und ihn zur breiten Treppe zog. Noch einen suchenden Blick in die Runde werfend, folgte er der Bitte seiner Praktikantin.

Ruschtin kam ihnen freudig strahlend entgegen, als die beiden seine Kabine betraten. Es sah lustig aus, da er lediglich die linke Hälfte seines Gesichtes von der Schminke befreit hatte. Er bot seinen Besuchern Platz auf einer Couch an, während er sich beeilte, auch den Rest der Maske aus dem Gesicht zu bekommen.

»Hat es Ihnen gefallen oder sind Sie schon hinter meine kleinen Betrügereien gestiegen? Das wäre allerdings ziemlich frustrierend für mich. Gerade Sie, Herr Liebig müssten doch einen Blick für so was haben. Oder etwa nicht?«

Rita klatschte begeistert in die Hände.

»Sie waren großartig... wunderbar, Herr Ruschtin.«

»Pssst, kleines Fräulein. Das soll hier doch keiner wissen. Ich bin für die meisten hier immer noch *der große Rapido*.«

Liebig bemerkte das hintergründige Schmunzeln im Gesicht des Künstlers, während Rita Momsen schuldbewusst die Stimme senkte,

»Sorry, ich vergaß ... Herr Rapido.«

»Das ist kein Problem, mein Fräulein. Ich freue mich jedenfalls riesig darüber, dass es Ihnen gefallen hat. Der eine oder andere Fehler, der mir unterlief, ist Gott sei Dank unerkannt geblieben, wie man hört. Den erkennt sowieso nur der Fachmann mit geschultem Auge. Einen Augenblick noch, dann führe ich Sie noch hinter die Bühne, sozusagen in das Allerheiligste eines Theaters. Nur erwarten Sie bitte nicht, dass ich meine Tricks verrate.«

»Bevor wir Ihr Angebot annehmen, hätte ich noch eine Frage an Sie. Könnte es sein, dass Ihr ehemaliger Partner, dieser Herr Hölscher Ihre Vorstellung besuchte? Ich meine, ihn gesehen zu haben.«

Liebig mochte sich getäuscht haben, doch war er sich relativ sicher, ein leichtes Zucken im Gesicht des Künstlers bemerkt zu haben. Doch Sekunden später wirkte Ruschtin wieder absolut gelassen.

»Das kann ich mir schwerlich vorstellen. Es sei denn, es handelt sich um einen Zufall. Armin weiß nichts von meiner Zweitkarriere. Damit habe ich erst begonnen, nachdem wir uns getrennt hatten. Da werden Sie sich wohl getäuscht haben.«

Für Liebigs Gefühl ging Ruschtin etwas zu eilig über diese Frage hinweg, indem er die Garderobentür öffnete und Rita galant den Arm anbot. Die hakte sich einmal mehr darin ein und schwebte glückselig neben ihrem aktuellen Schwarm her. Mit hochrotem Kopf bewunderte sie die unglaublich aufwendigen Installationen und technischen Hilfen, die nötig waren, um eine der vielen Vorstellungen realisieren zu können. Das Fieber besaß sie noch, als sie längst neben Liebig im Auto saß und unablässig redete. Nach wenigen hundert Metern ließ sie es raus.

»Soll ich fahren, Herr Liebig?«

Sie duckte sich lachend in ihren Sitz, da sie den erwartet-strafenden Blick des Chefs genoss.

24

»Hi, Spiekermann, wie sieht es eigentlich mit den beiden letzten Gruppenmitgliedern aus, die ihr überprüfen solltet? Pastise und Kläser haben wir schon durchleuchtet. Gibt es da Auffälligkeiten?«

Das morgendliche Meeting ergab nicht allzu viel Neues und hinterließ wenig Erbauliches. Jeder versuchte zwar sein Bestes, doch es breitete sich ein Gefühl der Hilflosigkeit aus.

»Nun ja, die Familienverhältnisse sind gerade bei denen so normal und unauffällig wie sie geordneter nicht sein können. Beide verheiratet, scheinbar sogar glücklich, wie man durchklingen ließ. Als ich ein wenig bohrte, konnte ich sogar Andeutungen über ihre Phobien herausbekommen. Für mich klingt das schon etwas verrückt, doch diese Ängste scheint es nun einmal wirklich zu geben.

Diese Kerstin Beltin ist vierundvierzig und arbeitet als Apothekenhelferin. Sie soll Angst vor ... jetzt halten Sie sich fest ... Spritzen und Injektionen haben. Die Fachleute nennen das Trypanophobie. Man erzählt sich, dass sie eigentlich Medizin studieren wollte, aber genau deshalb das Studium abgebrochen hat. Doch das ist noch nichts gegen diesen Peter Klettke. Der ist ebenfalls verheiratet und hat vier Kinder. Alle mit gleichem Altersabstand, als hätte der den Sex nach dem Kalender gesteuert. Wie die Orgelpfeifen mit zwei Jahren Unterschied. Doch jetzt wird es spannend. Er springt jetzt wahrscheinlich mit heruntergelassener Hose durch das Haus, um zwanghaft das fünfte Kind zu zeugen. Ich denke mal, dass der ständig den fruchtbaren Zyklus seiner Frau ausnutzt, um wieder Vater zu werden.«

Spiekermann genoss schmunzelnd die fragenden, verständnislosen Blicke der Kollegen. Als ihm die Pause ausreichend erschien, fuhr er fort.

»Ich weiß, dass das alles sehr sexistisch klingt, doch das Schönste kommt noch. Der leidet unter Tetraphobie. Ja, genauso habe ich auch geguckt, Freunde. Das bedeutet nichts Anderes, als dass er Angst vor der Zahl vier hat. Ist das nicht verrückt?«

Erst jetzt setzte allgemeines Gemurmel ein. Der eine oder andere lachte sogar darüber. Erst als sich Liebig zu Wort meldete, ebbten die Gespräche ab.

»Freunde, einen kleinen Augenblick bitte. Sie, Spiekermann möchte ich darum bitten, Rücksicht darauf zu nehmen, dass wir hier nicht am Kneipenstammtisch sitzen, wo diese Gossensprache üblich ist. Ich weiß, dass das tatsächlich total bizarr klingt, doch als ich mich in diese Materie eingelesen habe, machte sich bei mir sogar Mitleid breit. Ihr könnt euch nicht vorstellen, was diese Krankheit, die ja Depressionen verursacht, mit den Betroffenen anstellt. Da wird das Leben bei vielen zur Hölle. Und kommt bitte wieder von eurem hohen Ross runter. Jeder von euch sollte mal überlegen, ob er nicht selbst davon betroffen ist. Ich kenne einige, die sogar Angst vor Arbeit haben. Ich gehe mal davon aus, dass sich diese schlimme Phobie zumindest nicht bei euch ausgebreitet hat. Lasst uns daher fortfahren. Was gibt es ansonsten an Neuigkeiten, die uns weiterbringen könnten?«

Das Lachen war mittlerweile von den Gesichtern der Mannschaft verschwunden und hatte Platz für ehrliches Interesse gemacht. Niemand meldete sich.

»Gut, dann wollen wir an dem weitermachen, was wir uns für heute vorgenommen haben. Ich werde noch ein Gespräch führen müssen mit dem Expartner von Ruschtin. Sie erinnern sich, dass ich ihn im Zusammenhang mit meinem gestrigen Besuch im Theater erwähnte. Würde mich doch interessieren, was der gestern Abend tatsächlich gemacht hat, wenn er das nicht doch war im Colosseum. Außerdem steht noch ein Telefonat mit dem Dekan der Universität an, an dem beide Psychologen studiert haben.«

»Ach Sie schon wieder, Herr Liebig? Ich habe Ihren Besuch aber nicht in meinem Kalender vermerkt. Ist es sehr wichtig, da ich eigentlich schon auf dem Sprung zu einem Termin bin?«

»Für mich ist das schon wichtig, ansonsten hätte ich mir die Fahrt durch den Stau erspart. Es steht Ihnen frei, mir auf meine Frage zu antworten, doch würden Sie damit eventuellen Missverständnissen vorbeugen. Verstehen Sie das nicht falsch, aber mich interessiert, wo Sie den gestrigen Abend verbracht haben. Es gibt widersprüchliche Aussagen, dass man Sie an einer bestimmten Stelle gesehen haben könnte.«

»Wo soll das denn gewesen sein, Herr Hauptkommissar?«

Liebig sah Hölscher wortlos in die Augen, blieb die Antwort einfach schuldig. Es war dem Mann anzusehen, dass er überlegte, ob er überhaupt Angaben machen sollte.

»Muss ich antworten?«

»Nein, Herr Hölscher, das müssen Sie nicht. Nur glaube ich nicht, dass es sich besonders gut macht, wenn wir die Zahl der Verdächtigen eingrenzen wollen. Sie müssen nicht antworten, wenn Sie damit Gefahr laufen, sich selbst zu belasten. Das wäre also die rechtliche Seite. Ihre Aussage stünde auch in keinem direkten Zusammenhang mit einer Straftat. Insofern besteht aus meiner Sicht auch kein triftiger Grund zur Zeugnisverweigerung. Kann ich also mit Ihrer Antwort rechnen?«

Hölscher stand auf und schlenderte mit in den Hosentaschen vergrabenen Händen zum Fenster. Liebig ließ ihm noch Zeit, sich die Antwort zu überdenken.

»Ich war zu einer Veranstaltung in Essen eingeladen. Ab etwa Mitternacht war ich wieder zuhause. Hilft Ihnen das weiter?«

»Einladung? Soll das heißen, jemand hat Sie dort hinbestellt? Sprechen wir von der Zaubershow des Zauberkünstlers Rapido?«

»Warum fragen Sie überhaupt, wenn Sie doch schon alles wissen, Herr Liebig? Habe ich mich mit diesem

Besuch etwa strafbar gemacht? Was soll das ganze Gefrage überhaupt?«

Mittlerweile war auch Liebig aufgestanden, hatte sich neben Hölscher gestellt.

»Bleiben Sie doch bitte entspannt. Niemand will Ihnen was unterstellen. Ich nehme an, dass Sie wissen, wer sich hinter dem Namen Rapido verbirgt. Natürlich wissen Sie das. Ruschtin hat Sie ja scheinbar zur Vorstellung eingeladen. Seit wann wissen Sie von dem Doppelleben Ihres Expartners?«

Die innere Wut konnte Hölscher nur schwer verbergen, was Liebig unschwer an den zu Fäusten geballten Händen in den Hosentaschen erkannte. Durch seine zusammengepressten Lippen zischte der Therapeut die Worte.

»Sie erinnern sich daran, dass ich von Hartmuts Beziehung berichtete. Da war aber mehr als nur eine Liebelei. Die steckten Tag und Nacht zusammen. Hartmut war aber nicht nur dem Körper dieses Mannes verfallen, sondern auch dessen Leidenschaft.«

Wieder schien Hölscher zu überlegen, wie weit er mit seiner Beichte gehen sollte.

»Machen Sie es nicht so spannend. Welche Leidenschaft und dann brauche ich endlich auch einen Namen von Ihnen.«

»Also, dieser Harald Kloppe war ein begnadeter Illusionist. Hartmut wiederum faszinierte diese Kunst und übte mit ihm, wann immer es möglich war. Bis ... ja, bis er fast ebenso gut war wie der Meister. Ich muss gestehen, dass ich nicht wusste, dass es Hartmut mittlerweile zu einer großen Nummer geschafft hatte. Davon habe ich erst erfahren, als ich die Freikarten vor Wochen auf dem Schreibtisch fand. Im Begleitschreiben erwähnte er stolz, dass er es zu etwas gebracht hätte und mit mir den Frieden suchte.«

»Und? Haben Sie ihn gefunden? Ich meine den Frieden. Haben Sie sich ausgesprochen?«

»Nein, Herr Liebig. Das geht bei mir nicht so flott. Hartmut hat es mehrfach über meine Sekretärin versucht, telefonisch ein Treffen zu vereinbaren. Doch ich hatte bisher noch nicht den Mut dazu aufgebracht. Mein Besuch in der Vorstellung sollte ein erster Schritt sein, aber ich bin danach sofort nach Hause gefahren, anstatt mich mit ihm zu treffen. Ist Hartmut etwa was zugestoßen? Ist er ...?«

»Warum denken Sie das? Hat er Feinde, dass er um sein Leben fürchten müsste?«

Erleichtert zog Hölscher endlich die Hände aus den Taschen und fuhr sich über das Gesicht. Sein zuvor angespannter Körper lockerte sich zusehends.

»Wo könnte ich diesen Harald Kloppe finden? Haben Sie zufällig den Wohnort?«

»Nein, Herr Liebig. Die alte Adresse wird Ihnen nicht weiterhelfen. Wie ich aus zuverlässiger Quelle erfahren konnte, haben sich die Wege der beiden Männer tatsächlich getrennt. Hartmut hatte damals Wort gehalten. Er erzählte zwar, dass es eine Riesenszene gab und Harald ihn sogar schlug, doch schließlich ist er aus dem Haus von Hartmut ausgezogen, und soll sich nach Thailand abgesetzt haben. Angeblich hat er niemals wieder von ihm gehört. So, jetzt wissen Sie alles und können mich in Ruhe lassen. Ich habe außerdem zu tun. Darf ich Sie jetzt höflich bitten?«

Sein ausgestreckter Arm wies zum Ausgang.

»Nur noch eins, Herr Hölscher. Existiert ein Foto, auf dem ich diesen Harald Kloppe finden kann? Das würde uns die Arbeit erleichtern, den aufzuspüren.«

»Ich kann es versuchen. Ich besitze noch diverse Bilder von damals. Ich melde mich bei Ihnen, wenn ich was Passendes finde. Aber was soll der Mann mit Ihrem Fall zu tun haben?«

»Nichts Konkretes. Aber wir ermitteln in alle Richtungen, um die Bilder der beteiligten Personen abzurunden. Ich will nicht verhehlen, dass auch Ihr Partner Ruschtin immer noch zum erweiterten Kreis der Verdächtigen zählt.«

»Ex-Partner, Herr Hauptkommissar ... Ex-Partner.«

25

Lange starrte er die Tür an, bevor er sich endlich den inneren Ruck gab, anzuklopfen und gleichzeitig zu öffnen. Das *Herein* ging im Zuschlagen der Tür unter. Kriminalrat Rösner sah erst gar nicht von seiner Unterschriftenmappe auf, wies lediglich auf einen breiten Sessel vor seinem voluminösen Schreibtisch. Liebig hasste dieses Möbelstück, weil er der Meinung war, dass sich nur Menschen mit schwach ausgeprägtem Selbstbewusstsein hinter solch gewaltigen Möbelstücken verschanzten. Zwar schätzte er den Vorgesetzten als Menschen, der die Gesetze nicht immer buchstabengetreu befolgte, ihm sogar weitestgehend freie Hand ließ, jedoch einst mit wenig Fachwissen diesen Posten ergatterte. Das hatte aber gleichzeitig den Vorteil, dass er Liebig nicht im Wege stand.

»Ich sagte ja schon vor Tagen, dass mir der Alte und die gesamte Presse im Nacken sitzen. Ich muss liefern, Liebig. Was kann ich denen als ersten Happen vorlegen? Sie werden doch wohl einen Verdächtigen auf der Pfanne haben, wie ich Sie kenne. Wer ist es Ihrer Meinung nach? Und wann liegen hieb- und stichfeste Beweise gegen denjenigen vor? Oder ist es etwa eine Frau?«

Nur für einen kurzen Augenblick hielt Liebig den Atem an, um nicht herauszuschreien, was er von dieser für sein Verständnis bescheuerten Fragerei hielt. Er verstand es meisterhaft, seine Gefühle zu steuern, sodass die Gesprächspartner nur selten aus der Mimik Rückschlüsse auf sein Innenleben ziehen konnten.

»Wir sichten derzeit noch alle Fakten, die wir in den letzten zwei Tagen sammeln konnten. Da wir aber mindestens sechs Verdächtige im Visier haben, wird sich das noch hinziehen. Ich kann im Augenblick keinen Namen seriös an die Presse geben, da wir ehrlich gesagt, noch im Dunkeln tappen. Sie müssen diesen Fall mit völlig anderen Augen sehen, Herr Kriminalrat. Da massakriert kein Wahnsinniger seine wehrlosen Opfer und hinterlässt Spuren, die uns früher oder später zu ihm führen könnten. Diese Bestie hat eine Vorgehensweise perfektioniert, die es uns fast unmöglich macht, ihn zu überführen. Er fasst seine Opfer nicht einmal an. Sie töten sich selber. Und das wohl auch noch freiwillig.«

»Und was ist mit dieser ... dieser ...? Wie hieß die noch, die vor den Zug sprang?«

»Susanne Klever.«

»Danke. Ja, also diese Klever. Die wurde doch niedergeschlagen, sagen Sie. Da muss es doch verwertbare Spuren geben.«

»Eben nicht. Wir können ja nicht einmal genau den Punkt festlegen, an dem das passierte. Wir haben einen Bereich von mindestens einhundertfünfzig Metern abgesucht, um Hinweise auf die Anwesenheit einer weiteren

Person zu finden. Wir haben es mit Schotter zu tun, auf dem hunderte von Arbeitern rumgetrampelt sind. Die Lage der Leiche gibt so gut wie keinen Hinweis darauf, wo der Zug sie erfasst haben könnte. Teile des Opfers fanden wir über mehrere hundert Meter. Schiller legt sich lediglich in einem Punkt fest. Susanne Klever wurde mit einem stumpfen Gegenstand im Bereich der linken Schläfe betäubt und ist dann wohl auf die Gleise gekippt. Der Täter hat sich folglich von links, also der Hangseite genähert, ohne dass sie es bemerkte. Bei dem Lärm, den ein heranrasender Zug verursacht, wundert mich das auch nicht.«

Kriminalrat Rösner gab nicht so leicht auf und warf Liebig den nächsten Einwand auf den Tisch.

»Der Zugführer muss doch was gesehen haben, sonst hätte der doch keine Notbremsung eingeleitet. Konnten Sie den schon vernehmen?«

»Natürlich habe ich mir den Mann vorgenommen. Doch es ist kaum möglich, von ihm eine klare Aussage zu erhalten. Ich vermute, dass Sie sich kein Bild davon machen können, was der Verstand mit den Menschen anstellt, die ein solch traumatisches Erlebnis hatten. Da scheint es eine Schutzvorrichtung zu geben, die das Erlebte erst einmal komplett ausblendet. Die werden doch sonst wahnsinnig. Ich wenigstens möchte so was nicht erleben müssen. Aber an diese Menschen denkt keiner, wenn er oder sie sich im Suizid vor einen Zug oder den Lkw werfen. Die sterben tausend Tode, da das Bild immer wieder vor ihnen auftaucht. Und was ich besonders schlimm finde: Sie geben sich selbst eine große Schuld daran. Sie denken noch Jahre später, dass sie den Zusammenprall vielleicht hätten verhindern können.« Rösner blinzelte irritiert. Er hatte einen solchen Vortrag seines besten Ermittlers nicht erwartet. Liebig war im Hause dafür bekannt, mit kalten Fakten zu arbeiten. Ein solcher Gefühlsausbruch war sehr ungewöhnlich.

»Gut, Liebig ... ich habe verstanden. Doch verstehen Sie auch meine Lage. Ich kann doch jetzt nicht dem Alten unter die Augen treten und ihm kundtun, dass wir absolut nichts in der Hand haben. Die Presse wird uns zerreißen. Kommen Sie, es wird doch eine heiße, sagen wir mal, eine lauwarme Spur geben. Klar, dass wir keine Namen nennen, aber zumindest muss es Verdachtsmomente geben. Bitte.«

Noch nie stand Liebig vor einer solchen Situation. Er verstand gut, dass die Öffentlichkeit auf ihr Recht pochte, von der Polizei beschützt zu werden. Schnell entstand der Eindruck, dass man vonseiten der Polizei nicht intensiv genug recherchierte. Für sie gab es nur schwarz und weiß. Mörder mussten in kürzester Zeit dingfest gemacht werden, damit die unschuldige Seele gut schlafen konnte. Dafür bezahlte der Bürger schließlich Unmengen an Steuergeldern. Es gab Augenblicke, in denen ihn seine Arbeit ankotzte.

»Von mir aus, erklären Sie dem Alten und den Presse-fuzzis, dass wir einem bestimmten Verdacht nachgehen und die Aufklärung möglicherweise kurz bevorstehen könnte. Mehr Konjunktiv kann ich Ihnen nicht liefern. Vielleicht hat das sogar den kleinen Nebeneffekt, dass der wirkliche Täter oder die Täterin nervös wird und einen alles entscheidenden Fehler macht. Darf ich jetzt wieder an meine Arbeit gehen? Ich muss noch ein wichtiges Telefonat führen.«

»Na sehen Sie, Liebig, es geht doch. Hauen Sie ab.«

26

»Warum treffen wir uns denn diesmal hier im Café und außerhalb des normalen Turnus? Eigentlich wollte ich heute meinen Sohn vom Basketballtraining abholen. Meine Frau ist stocksauer, weil sie da jetzt hinfahren muss und eigentlich den Kuchen für die Geburtstagsfeier morgen backen wollte. Das wird wohl wieder ein harmonischer Abend zuhause.«

Peter Klettke schob das angetrunkene Bierglas zurück und sah in die Runde. Kerstin zuckte nur mit den Schultern und zeigte auf David, der immer noch damit beschäftigt war, der Kellnerin zu erklären, dass er sein Alsterwasser mit mindestens siebzig Prozent Limo haben wollte. Ingrid Kläser fehlte noch, hatte aber bereits aus einem Stau angerufen, dass sie sich verspäten würde. Die Stimmung erreichte schon jetzt einen Tiefpunkt. Kurz bevor endlich das bestellte Getränk vor David auftauchte, schwang die Tür auf und Ingrid blickte sich suchend im Café um. David winkte heftig, sodass sie sich mit schnellen Schritten dem Tisch der Freunde näherte. Mit einer hektischen Bewegung warf sie ihren Mantel über den freien Stuhl und platzte heraus:

»Was ist passiert, dass wir uns jetzt schon außer der Reihe treffen?«

»Das hätte ich auch gerne gewusst«, mäkelte Peter. »Ich riskiere dafür einen Riesenkrach zuhause. Wer von euch kam denn auf diese bescheuerte Idee?«

»Ich war das, verdammt. Ob die Idee wirklich so bescheuert ist, wird sich noch herausstellen.«

David setzte das Bierglas ab und sah jeden Einzelnen seiner Freunde forschend an.

»Ist es euch eigentlich scheißegal, dass einer nach dem anderen von uns ins Gras beißt? Ich finde die Sterblichkeitsrate in unserer Gruppe schon, gelinde gesagt, besorgniserregend. Ist da einer von euch etwa anderer Meinung? Ein Zyniker würde jetzt lapidar behaupten, dass die Einschläge beharrlich näher kommen. Wer glaubt ihr, ist von uns der Nächste? Oder will einer behaupten, dass er unsterblich ist? Also, ist die Idee für eine allgemeine Beratung immer noch so bescheuert?«

Das Schweigen in der Runde bestätigte David nur, dass sie alle über seine Worte nachdachten. Peter wagte dennoch einen Einwand.

»Das könnte aber auch Zufall sein. Vielleicht hat Monika mit ihrer blöden Idee, sich ins Wasser zu werfen, eine Kettenreaktion ausgelöst. Wir wissen doch alle, dass sie depressiv war.«

»Ach, sieh mal einer an. Unser neunmalkluger Peter meint, dass das auf ihn nicht zutrifft. Macht dich das nicht kirre, dass wir hier mit vier Leuten am Tisch sitzen? War da nicht was mit dieser Zahl?«

Jeder am Tisch bemerkte, wie Peter, wie unter einem Peitschenhieb, zusammenzuckte. Schweißperlen bildeten sich in Sekundenschnelle auf seiner Stirn. Unruhig fuhren seine Hände über die Tischdecke und strichen nicht vorhandene Falten glatt.

»Jetzt komm mal wieder runter. Dir passiert schon nix. Stell dir einfach vor, auf dem leeren Stuhl säße noch einer. Vielleicht ist es ja auch so und Monika hört uns im Augenblick zu. Scheiße, wär das geil. Hallo Moni.«

Ingrid Kläser riss Davids Hand wieder auf den Tisch, mit der er zum leeren Stuhl herüberwinkte.

»Hast du sie noch alle? Du hast bestimmt wieder diesen bescheuerten Tee gesoffen und jetzt setzen die Halluzinationen ein. Wenn das hier so weitergeht, bin ich ganz schnell wieder weg. Entweder wir benehmen uns wie erwachsene Menschen oder ich verschwinde. Was können wir also tun?«

Als niemand der Freunde das Wort ergriff, meldete sich wieder David, der mittlerweile den Anpfiff weggesteckt hatte.

»Gibt es irgendeinen Hinweis darauf, wer dahinterstecken könnte? Nein! Ich zumindest könnte jetzt auf Anhieb keinen Verdacht gegen einen von uns aussprechen. Das führt mich zu einer Überlegung. Was haltet ihr davon, wenn wir gegenseitig aufeinander aufpassen? Damit meine ich, dass sich keiner von uns mehr alleine bewegen sollte. Das würde uns Sicherheit geben.«

David blickte rundherum in Gesichter, die eine allgemeine Verständnislosigkeit ausdrückten. Wieder war es

Ingrid, die mit klaren Worten das aussprach, was wohl im Augenblick alle dachten.

»Jetzt bist du wohl komplett durchgeknallt. Soll das heißen, dass ich dich an die Hand nehme und mit dir Tag und Nacht verbringe? Ich habe keinen Bock drauf, dir beim Duschen zuzusehen oder wenn du aufs Klo gehst. Habe selten so was Bescheuertes gehört. Wisst ihr was? Ich mach nen Abflug. Das ist mir hier zu blöd.«

»Nun warte doch noch, Ingrid. Klar ist die Idee von David nicht durchführbar, aber wir könnten doch so was wie ein Meldesystem installieren. Wie wäre es, wenn wir eine Telefonkette verabreden, wobei sich alle in einem bestimmten Abstand bei einem anderen von uns melden? Das gilt auch, wenn uns was verdächtig, ich meine komisch vorkommt. Dann kann jeder sein normales Leben führen, wobei wir aber wissen, dass es uns gut geht.«

Peter mochte ja seine Macke mit der seltsamen Zahl Vier haben, aber das Gesagte folgte zumindest einer gewissen Logik. Ungeachtet dessen dachte die Runde darüber nach. Schließlich arbeiteten sie eine Reihenfolge aus, die auch so verabschiedet wurde. Kerstin, die sich weitestgehend im Hintergrund hielt, meldete sich zu Wort.

»Kann mir mal einer von euch verraten, warum nur wir vier hier sitzen? Im Grunde sind wir doch fünf, wenn wir Dr. Ruschtin mit einbeziehen. Hegt irgendjemand einen Verdacht gegen ihn? Warum beziehen wir ihn nicht mit ein? Der könnte uns doch bestimmt besser helfen und seine Ideen einbringen. Glaubt vielleicht einer von euch, dass er hinter allem stecken könnte? Verdächtig ist doch eigentlich jeder von uns, das haben wir doch zu Beginn festgestellt. Ich finde, dass wir ihn nicht ausschließen können. Irgendwie ist das nicht fair.«

Die Folge dieses Einwandes bestand aus kollektivem Kopfnicken. David tat sich einmal mehr als Wortführer hervor.

»Ich mach das. Wir hatten für heute Abend sowieso ein Gespräch verabredet. Dann kann ich ihm von unserem Plan berichten. Alles wird gut, Freunde. Es ist gut möglich, dass wir uns ganz umsonst Sorgen machen. Aber was soll's, schaden kann ja ein wenig Vorsicht auf keinen Fall.«

27

Der Flur der Station lag ruhig und verlassen da. Der Schatten, der Augenblicke vorher aus dem Aufzug geglitten war, verharrte an der Ecke zum Hauptgang. Aus einzelnen Zimmern, deren Türen immer noch offenstanden, erklangen vereinzelt bereits Schnarchgeräusche oder ab und zu ein lautes Husten. Nachtschwester Heike sortierte konzentriert die Medikamente für den kommenden Tag in die dafür vorgesehenen Behältnisse. Sie versuchte, sich von den Gedanken zu lösen, dass irgendetwas am Wochenende schieflaufen könnte. Die Vorbereitungen zur Konfirmation von Tochter Andrea waren bis auf das Dekorieren der Tische abgeschlossen. Doch blieb immer diese beängstigende Ungewissheit, dass da noch Unvorhergesehenes geschehen könnte. Schließlich hatten sich die Schwiegereltern angekündigt, die extra aus Malaga anreisten. Heike wusste, dass dieses elitäre, geldgeile Volk nur darauf lauerte, ihrer ungeliebten Schwiegertochter eine Nachlässigkeit vorwerfen zu können. Das durfte nicht passieren. Sie bemerkte nicht, dass sich etwas unter ihrem Fenster zum Gang durchbewegte, stets darauf bedacht, verräterische Geräusche zu vermeiden.

Zimmer 702 befand sich fast am Ende des Ganges, kurz vor der breiten Tür zur Veranda, von der aus die Feuertreppe nach unten führte. Die völlig in Weiß gekleidete Person blickte noch ein letztes Mal nach allen Seiten, analysierte jedes Umgebungsgeräusch, bevor sie absolut leise die Tür öffnete und im Halbdunkel, der Stille des Zimmers eintauchte. Erleichtert registrierte der Eindringling, dass der Patient das Zimmer alleine belegte. Die Hand ruhte auf der kleinen Schachtel, die in der Seitentasche der Pflegermontur ruhte. Ein letztes Mal sicherte der Schatten, indem er das Ohr an die Tür legte. Das sich ständig wiederholende Geräusch eines Zimmeralarms ließ ihn aufhorchen. Kurz darauf die Schritte der Nachtschwester, die sich in seine Richtung bewegte. Mit zwei schnellen Schritten verschwand er hinter dem Vorhang, der das Waschbecken umhüllte.

Jeden Augenblick erwartete er das Eintreten der Nachtschwester, war bereit, das Unvermeidliche zu tun. Die Klinge des Stiletts fuhr aus dem Griff und wartete darauf, seine tödliche Aufgabe zu erledigen. Erleichtert registrierte der Eindringling, dass sich die Tür im Nebenzimmer öffnete und Stimmen bestätigten, dass dort ein Patient versorgt wurde. Ungeduldig wartete er ab, bis die Tür wieder schloss und sich die Schritte der Schwester entfernten. Nur die ruhigen Atemzüge des vor ihm liegenden Patienten erfüllten den Raum.

Zugführer Tadezki ahnte nichts davon, in welcher Gefahr er sich befand, als sich die Spritze in den Beutel der Infusionsflüssigkeit bohrte. Der Inhalt vermischte sich relativ schnell mit der Natriumchloridlösung, die schon seit Stunden dem Patienten zugeführt wurde. Als der Täter erste Reaktionen beim Opfer feststellte, verzog sich sein Mund zu einem schmierigen Grinsen. So lautlos, wie er kam, verschwand er, diesmal aber über die Nottreppe, die außen am Gebäude in die dunkle Nacht führte.

»Wie konnte das nur passieren? Der Mann hätte Personenschutz bekommen müssen. Das ist genau die Scheiße, auf die sämtliche Medien warten.«

Kriminalrat Rösner lief im Besucherzimmer auf und ab und machte seinem Ärger ungehemmt Luft. Rita Momsen wagte es nicht, auch nur einen Laut von sich zu geben, betete nur, dass Liebig schnellstmöglich hier erscheinen würde. Der Flur der Krankenstation war angefüllt mit Krankenhauspersonal, unter das sich Polizisten gemischt hatten. Mittendrin konnte sie ihren Chef erkennen, der eine Kopflänge über allen schwebte. Sie waren sofort nach Eintreffen der Meldung ins Klinikum gefahren, wo auch nur Minuten später Rösner und diverse Pressefotografen eintrafen. Auf welchem Weg die davon erfuhren, konnte man nur mutmaßen.

»Doktor Meiler, was sagt Ihr Labor? So, wie wir das als Laien beurteilen können, ist der Patient doch vergiftet worden. Dem brauche ich nur ins Gesicht sehen, dann ist mir das klar. Ich will alle Medikamente und Infusionen, die der Mann bekam, aufgelistet haben und zusätzlich diesen Beutel mit der Natriumchloridlösung. Wir werden unsere eigenen Untersuchungen anstellen.«

»Kommen Sie bitte etwas zur Seite, es muss ja nicht jeder mitbekommen, was wir bisher wissen. Ich habe selbstverständlich sofort sämtliche Medikamente sicherstellen lassen. Natürlich auch den Beutel mit der Lösung. Nachtschwester Heike sitzt im Schwesternzimmer, weint bitterlich und ist kaum ansprechbar. Ich schließe allerdings aus, dass sie diesen Giftcocktail in den Beutel injiziert hat.«

»Moment ... Sie sprechen von einem Giftcocktail. Was darf ich darunter verstehen, Herr Doktor?«

Der Arzt senkte die Stimme und blickte sichernd in alle Richtungen, als würde er ein Staatsgeheimnis ausplaudern.

»Ich kann nur wiederholen, was ich aus dem Labor hörte. Dem Patienten wurde eine absolut tödliche Mischung mehrer Substanzen in die Infusion eingespritzt. Der Tod muss langandauernd und sehr schmerzhaft gewesen sein. Wir fanden in der Flüssigkeit eine hohe Dosis von Neurotoxinen, wie sie vor allem in Botox verarbeitet werden. Das bekannte Faltenmittel enthält dieses von Bakterienspezies ausgeschiedene Exotoxin in hohen Dosen. Das hat wahrscheinlich einen Stillstand der Lungenfunktion herbeigeführt. Der Täter wollte aber sicher gehen, dass sein Plan aufgeht, und hat gleichzeitig das Gift der Engelstrompete und eine hohe Dosis Insulin untergemischt. Die Mischung enthielt so viel Scopolamin, dass Sie damit einen Elefanten in einen tagelang andauernden Rausch hätten versetzen können. Damit dürfte klar sein, dass wir nicht über einen Dosierungsfehler unseres Hauses sprechen. Da hat jemand gezielt unseren Patienten umgebracht. So, jetzt sind Sie dran, Herr Hauptkommissar.«

Liebig hörte aufmerksam zu. Ihm war anzumerken, wie ihn diese Nachricht beschäftigte, zumal der Zugführer schon genug dadurch gelitten hatte, dass er dieses Trauma verarbeiten musste. Spätestens jetzt stand zweifelsfrei fest, dass es sich am Bahndamm um ein geplantes Tötungsdelikt handelte. Tadezki sollte sein Geheimnis und eine mögliche Beobachtung mit ins Grab nehmen. Wieder hatte sich eine Hoffnung des Hauptkommissars, irgendwann Details zu erfahren, in Luft aufgelöst. Der Täter räumte brutal und kalt berechnend alles aus dem Weg, was ihm schaden könnte. Sie traten wieder einmal auf der Stelle.

»Mensch, da sind Sie ja, Liebig. Was konnten Sie in Erfahrung bringen?«

Rösners Hände waren zu Fäusten geballt und beide in die Hüften gestemmt, als er auf den Polizisten zuging. Sein Kopf zeigte eine ungesunde Färbung. Eine Blutdruckmessung würde wahrscheinlich Anlass zu einem Verbleib im Krankenhaus geben.

»Tadezki wurde vergiftet. Keiner hat das bemerkt. Erst als die Nachtschwester in den Morgenstunden die Tabletten für den Tag ins Zimmer legte, fiel ihr die unnatürliche Haltung des Patienten und damit sein Tod auf. Ihr kam ebenfalls verdächtig vor, dass die Infusion nicht mehr nachlief. Wir können also davon ausgehen, dass der Täter in der Nacht im Zimmer war.«

Liebig klärte den staunenden Kriminalrat über die mögliche Mischung der Giftzugabe auf. Rita Momsen, die diese Neuigkeiten ebenfalls aufsaugte, drehte sich ab und nahm einen der Besucherstühle in Beschlag. Die Gesichtsblässe ließ keinen Zweifel daran, dass ihr Aufnahmevermögen damit in den Grenzbereich geriet.

Rösner griff Liebig an den Arm, zog ihn zur Seite und zischte ihm etwas zu.

»Und den Mörder soll keiner beim Betreten des Hauses bemerkt haben? Das kann ich mir nicht vorstellen. Hier laufen doch hunderte von Menschen herum. Gibt es eine Kamera am Eingang?«

»Ja, die gibt es. Aber die nimmt das Geschehen nicht dauerhaft auf. Das dient nur dem Zweck, Vorkommnisse im Eingangsbereich für die Aufsicht in der Information transparenter zu machen. Da kann jeder ein- und ausgehen, ohne aufzufallen. Hier achtet doch kein Mensch auf den anderen. Ich zieh mir einen weißen Kittel an und schleppe zentnerweise Medikamente rein und raus ... das merkt keiner. Ich vermute, dass Sie noch nie in einer Klinik lagen, Herr Kriminalrat.«

»Jetzt lenken Sie nicht ab, Liebig. Warum stand der Mann nicht unter Polizeischutz? Das war doch ein wichtiger Zeuge.«

»Polizeischutz? Warum sollten wir Tadezki einen Mann vor die Tür stellen? Der war doch kein Kronzeuge in einem Mafiaprozess. Wer rechnet denn damit, dass ein Zeuge eines Zugunglücks umgebracht wird? Da muss jemandem ganz schön der Arsch auf Grundeis gegangen sein. Vielleicht gab es doch eine verräterische Spur für den Täter, dass er dieses gewaltige Risiko eines Giftanschlags riskierte. Er befürchtete wohl, dass sich der Zugführer doch noch an etwas erinnert, was ihm gefährlich werden könnte. Scheiße, dass ich bei meiner Befragung nicht mehr aus Tadezki rausbekam. Diese dämliche Ärztin hat mich viel zu früh ...«

»Haben Sie mit *dämliche Ärztin* vielleicht mich gemeint, Herr Hauptkommissar? Sie hatten kein Recht, den Mann in diesem Stadium zu verhören. Da steht die Genesung des Patienten über alles.«

Nun war es Liebig, der die Verlegenheitsröte nicht vermeiden konnte. Bevor er die richtigen Worte fand, hatte sich Dr. Schöning wieder unter ihre Kollegen gemischt und diskutierte das Geschehen der vergangenen Nacht.

28

»Was soll das heißen, Herr Hölscher sei bisher noch nicht eingetroffen? Passiert das des Öfteren, dass er ohne weitere Nachricht an Sie nicht in der Praxis erscheint? Er wollte mir diverse Fotos zukommen lassen, was aber schon zwei Tage her ist. Sie verfügen doch bestimmt über seine Mobilnummer.«

Liebig spürte durch die Telefonleitung das Unbehagen der Sekretärin, die sich nicht schlüssig darüber war, wie sie sich dem Polizisten gegenüber verhalten sollte.

»Ich habe bereits versucht, Herrn Hölscher telefonisch zu erreichen. Er geht einfach nicht ans Telefon. Ein Patient, mit dem er bereits um acht Uhr einen Termin hatte, ist schon wieder gegangen. Ich erwarte in wenigen Minuten einen weiteren. Das hat er noch nie gemacht. Ich kann es Ihnen nicht erklären, aber ich habe Angst, dass ihm was zugestoßen ist.«

»Moment, jetzt beruhigen Sie sich erst einmal. Er könnte ja einen Unfall gehabt haben und man meldet sich erst später. Haben Sie es schon bei ihm zuhause versucht, bei seiner Familie? Er ist doch meines Wissens nach verheiratet.«

Die jetzt eintretende Pause ließ den erfahrenen Polizisten aufhorchen.

»Hören Sie, gute Frau. Könnte es sein, dass Ihr Chef ... ich meine, dass es da jemanden gibt, von dem seine Frau besser nichts wissen sollte? Ist das der Grund, warum Sie dort nicht anrufen möchten? Es ist besser, Sie sagen es mir, damit wir keinen unnötigen Staub aufwirbeln. Ist es so?«

Ungeduldig trommelte Liebig mit den Fingerspitzen auf der Schreibtischunterlage, wartete darauf, dass diese treue Seele endlich den Mund aufmachte und etwas über Ihren Chef preisgab.

»Frau Scheidig ... so heißen Sie doch, oder? Ich verspreche, dass keiner davon erfahren wird, dass ich die Info von Ihnen habe. Erst recht nicht seine Frau. Es hilft uns aber dabei, seinen tatsächlichen Verbleib herauszufinden. Wie Sie ja bereits wissen, ermitteln wir in diversen Mordfällen, wobei Ihr Chef ein wertvoller Zeuge ist. Dass ich ihn spreche, ist für den Fall sehr wichtig. Also, wo könnte sich Herr Hölscher jetzt womöglich rumtreiben?«

»Glauben Sie mir. Er ist bestimmt nicht bei ... bei dieser Frau. Erst mal würde er dafür niemals einen Termin vernachlässigen und darüber hinaus hält sich Frau Ramses gar nicht in Deutschland auf. Sie reiste vor drei Tagen in sein Ferienhaus nach Empuriabrava. Sie wollte dort mindestens drei Wochen zubringen. Er hat sie selbst zum Flughafen gefahren. Kann ich Ihnen eventuell helfen? Herr Hölscher hat diverse Unterlagen in die Postmappe gelegt, die ich aber noch nicht bearbeitet habe. Soll ich nachschauen, ob für Sie etwas dabei ist? Sie sprachen doch von Fotos, wenn ich mich recht erinnere. Die könnte ich heraussuchen und Ihnen zusenden.«

Allmählich erfasste Peter Liebig ein mehr als ungutes Gefühl, das er nur mühsam unterdrücken konnte.

»Na gut, sehen Sie bitte nach. Und noch eins. Sie versprechen mir, dass Sie sich sofort bei mir melden, sobald Herr Hölscher auftaucht. Keine Bange, er wird von unserem Gespräch nichts erfahren. Trotzdem muss ich wissen, dass ich mir keine Sorgen machen muss. In den letzten Tagen sind für mein Empfinden zu viele Dinge geschehen, die ich so nicht erwartet hätte. Herr Hölscher ist, wie ich schon erwähnte, ein wichtiger Zeuge.«

»Nur einen Moment, Herr Liebig. Bin sofort wieder zurück.«

Aus diesem Moment wurden allerdings mehrere Minuten, in denen Liebig ungeduldig aus dem Fenster sah. Immer stärker befiel in das Gefühl, dass an dieser Sache was faul war. Endlich hörte er das Rascheln von Papier und darauf folgend die Stimme von Frau Scheidig.

»Ich glaube, ich hab´s. Wollen Sie die Fotos abholen kommen oder soll ich ...?«

»Nein, nein. Das ist mir dann doch ein wenig zu weit, ständig bis nach Rees. Bitte bringen Sie den Brief schnellstmöglich auf den Weg, damit er möglichst morgen bei mir auf dem Schreibtisch liegt. Und Sie denken daran, sobald ...«

»Ja, Herr Liebig, ich rufe Sie an. Die Nummer habe ich ja nun auf dem Display. Ich muss auflegen, auf der anderen Leitung sehe ich die Nummer seiner Frau.«

»Nein, nein, Frau Scheidig, bitte nicht auflegen. Ich muss wissen, was sie will. Gehen Sie ruhig in die Leitung und sagen mir anschließend wieder Bescheid. Na los, machen Sie!«

Wieder dauerte es einige Minuten, in denen Liebig gedankenverloren an seiner Kaffeetasse nippte. Angewidert verzog er das Gesicht, als er die abgestandene Brühe schmeckte.

»Sind Sie noch da? Hallo?«

»Ja, Frau Scheidig, was wollte Frau Hölscher von Ihnen?«

»Nun ja, eigentlich fragte Sie nach Ihrem Mann und wollte wissen, ob er seinen Aktenkoffer und sein Smartphone noch nicht vermisst hätte. Den hat er heute Morgen vor dem Außentermin stehen lassen. Sie wird ihn gleich vorbeibringen. Verdammt, ich weiß gar nicht, wie ich mich nun verhalten soll.«

»Sie sprach tatsächlich von einem Außentermin? Sind Sie sich da ganz sicher? Sie sprachen vorhin von einem Patienten, der bereits um acht da war. Ihr Chef macht doch keine zwei Termine gleichzeitig. Finden Sie nicht auch, dass es seltsam klingt? Es tut mir sehr leid, aber bitten Sie Frau Hölscher, mich sofort bei ihrem Eintreffen anzurufen. Das muss unbedingt geklärt werden. Und Sie müssen sich keine Sorgen machen. Das mit dieser ominösen Bekannten wird erst mal nicht erwähnt.«

Peter Liebig sah erwartungsfroh Rita Momsen entgegen, die vorsichtig einen übervollen Kaffeebecher jonglierte und sich auf seinen Schreibtisch zubewegte. In der anderen Hand vermutete er auf dem kleinen Teller einige Kekse. Kaum stand der dampfende Kaffee vor ihm, bettelte das Telefon um Aufmerksamkeit. Hastig riss er den Hörer hoch. Nachdem er sich meldete, wartete er gespannt auf die Stimme der Frau, von der er sich zuvor ein Bild geformt hatte. Von einer Frau, die einen erfolgreichen Mann heiratete und nun von ihm betrogen wurde.

»Was kann ich für Sie tun, Herr Liebig? Wieso bittet mich die Polizei, das Morddezernat um Rückruf? Ist was mit meinem Mann?«

Es überraschte ihn eigentlich nicht besonders, dass sich die warme Stimme so ganz von dem unterschied, was er sich vorgestellt hatte. Er antwortete mit einer Gegenfrage.

»Gäbe es einen Grund, warum ausgerechnet Ihrem Gatten etwas passiert sein sollte? Eigentlich möchte ich lediglich von Ihnen wissen, wo er sich aufhalten könnte. Wir hoffen doch sehr, dass ihm nichts zugestoßen ist.«

»Na, dann bin ich ja froh. Ich dachte schon, dass es mit dem Anruf in der Frühe zu tun hätte. Er wirkte danach so ... so anders. Er wollte mir nicht verraten, wer der Anrufer war. Ich hatte ihn schon gefragt, ob er eine Freundin hätte. Aber das hat er lachend verneint. War ja auch nur ein Scherz von mir, muss ich zugeben. Armin und ich sind glücklich ... nur um Ihrer diesbezüglichen Frage zuvorzukommen. Muss ich mir Sorgen machen? Erst sagt er mir nicht, wer ihn anrief, jetzt Ihre Fragen ... Was ist los?«

»Um Gottes willen, Frau Hölscher, verstehen Sie mich bitte nicht falsch. Ich hatte lediglich ein paar Fragen an

Ihren Mann, was den ehemaligen Partner betrifft. Wir sprachen vor einigen Tagen über den und mir fiel noch etwas dazu ein, was nur Ihr Mann beantworten kann. Sie wissen also nicht, wo er sich aufhält. Das ist schade, lässt sich aber nicht ändern. Ich versuche es einfach später noch einmal.«

»Sprechen wir über diesen Ruschtin? Was ist mit dem? Vielleicht kann ich Ihnen helfen, da ich den mal kennenlernen durfte. Wir befanden uns zwar nicht im gleichen Studiengang, aber doch auf der gleichen Uni.«

Peter Liebig wirkte überrascht, da er diesen Bezug erst einsortieren musste. Schließlich nutzte er die Gelegenheit, mehr über den Mann herauszufinden.

»Wir versuchen, uns ein Bild von dem Mann zu erstellen, da er ebenfalls ein wichtiger Zeuge in einem unserer Fälle ist. Wie ist ... ich meine, wie war er, als Sie ihn erlebten?«

»Das ist etwas kompliziert, Herr Liebig. Er war eben anders. Wissen Sie, es gab Zeiten während meiner Freundschaft zu Armin, in denen ich glaubte, dass Hartmut, ich meine Dr. Ruschtin, ihn anmachte. Sie werden bestimmt schon wissen, dass Hartmut ... er war transsexuell. Er versuchte, das immer vor allen zu verheimlichen. Doch das versuchen Sie mal auf einer Universität, wo die meisten Studenten noch in Wohngemeinschaften leben. Man sprach darüber hinter vorgehaltener Hand und tolerierte, dass er sich abends in seinem Zimmer umzog, also Frauenkleider trug. Selbst dieses kuriose Verhältnis zu Harald Kloppe, das er ja bis weit nach der Studienzeit pflegte, amüsierte die anderen Jungs lediglich. Man ließ ihm seinen Freiraum.«

»Moment, Frau Hölscher. Diese Beziehung gab es schon, bevor Ruschtin mit Ihrem Mann die Praxis eröffnete?«

»Hat mein Mann Ihnen das nicht erzählt? Dieser Kloppe unterhielt uns des Öfteren bei Feiern. Er zeigte dann immer seine Tricks, ich meine Zaubertricks. Faszinierend, kann ich Ihnen sagen. Und Hartmut versuchte immer, das zu lernen. Aber meistens versagte er kläglich damit. Ich habe gehört, dass sich die beiden Männer später getrennt haben sollen. Wenn ich mich nicht irre, erzählte mir Armin, dass Harald Kloppe nach Südostasien zog und nie wieder auftauchte. Kurze Zeit später schied Hartmut auch aus der Praxis aus und zog ins Ruhrgebiet. Eigentlich war er immer ein angenehmer Partner ... so wie ich ihn kennenlernte. Ich hoffe, es geht ihm gut.«

Der Stift flog nur so über Liebigs Notizblock. Interessante Neuigkeiten, die das Bild des Psychotherapeuten immer mehr abrundeten. Ruschtin schien schon früher ein umgänglicher Mensch gewesen zu sein, der lediglich in seiner sexuellen Orientierung auf ein Nebengleis gefahren war. Es machte ihn jedoch nicht gleich zum Mörder, sondern schlicht und einfach zum Außenseiter. Peter Liebig nahm Frau Hölscher noch das Versprechen ab, ihn sofort zu informieren, wenn sich ihr Mann wieder meldete. Gespannt wartete er auf die Fotos der Studentenclique.

29

»Ich habe die Schnauze so langsam gestrichen voll. So eine verdammte Scheiße. Wo soll das noch enden? Wo genau ist das?«

Peter Liebig winkte Rita Momsen heran, bevor er die Stadtkarte genauer betrachtete. Er steckte ein blaues Fähnchen an eine Stelle, die mitten in Essen-Haarzopf lag. Neugierig betrachte sich Rita sein Tun.

»Wollen Sie meine Großeltern besuchen? Das sind nur noch etwa vierhundert Meter von dort aus. Was bedeutet die Fahne?«

»Die bedeutet den Tod, Fräulein. Ich setze immer ein blaues Fähnchen, wenn ich den Toten oder die Tote noch nicht namentlich erfasst habe. Wollen Sie mitfahren? Dann los.«

Die Eststraße, kurz vor dem Mülheimer Flughafen gelegen, schlängelte sich durch die Wiesen, vorbei an ruhig gelegenen Häusern und gepflegten Gärten. Nachdem sie die Einfahrt zu einer Schrebergartenanlage passierten, erkannten sie schon die blinkenden Lichter der Einsatzfahrzeuge. Der Polizeimeister, der das Absperrband weiter

164

um die Fundstelle befestigte, hob dasselbe etwas an, damit das Auto des Hauptkommissars darunter durchfahren konnte. Noch einen Augenblick hielt er Rita zurück, die, nachdem sie zum Stehen kamen, eilig hinausspringen wollte.

»Gewöhnen Sie es sich besser an, erst die gesamte Umgebung zu sondieren, sie auf sich einwirken zu lassen. Damit vermeiden Sie, Wichtiges sofort zu übersehen. Ich muss mich immer wieder neu darauf einstellen, dass wir auf einen Menschen treffen, der aus dem Leben gerissen wurde. Daran werde ich mich nie gewöhnen können. An dem Tag, an dem ich meine Frau fand, wusste ich erst, wie wertvoll die Zeit ist, die uns auf dem Planeten bleibt.«

Er spürte den prüfenden Blick seiner Praktikantin auf sich ruhen, während er seine Gedanken preisgab.

»So hätte ich Sie eigentlich nicht eingeschätzt. Es heißt immer, dass die Leute der Mordkommission keine Gefühle mehr besitzen würden. Ich vermutete deshalb, bevor ich zur Polizei kam, dass ihr alle total abgestumpft seid gegenüber den Opfern. Bin schon überrascht, das muss ich zugeben.«

Liebig drückte die Fahrertür auf und murmelte eine letzte Bemerkung vor sich hin, die eigentlich nicht mehr für die Ohren der jungen Frau gedacht war.

»Vielleicht bin ich ja doch nicht so ein Arschloch, für das mich alle halten.«

Entschlossen marschierte er auf den Pulk von Menschen zu, in deren Nähe er das Opfer vermutete. Rita beeilte sich, neben ihm Schritt zu halten.

»Sind Sie nicht.«

»Was meinen Sie damit?«

»Sie sind kein Arschloch!«

Schiller, der die letzten Worte zwischen den beiden mitbekam, blickte von einem zum anderen, verkniff sich aber eine Frage zur Bedeutung der Worte. Er zog Peter Liebig zur Seite.

»Ich habe die Leute angewiesen, nach dem Rest des Mannes zu suchen. Mir fehlt ein wichtiger Teil ... der Kopf. Sie werden gleich sehen, dass man den Körper fein säuberlich auf den Hang zur Autobahn drapiert hat. Man könnte meinen, dass der Täter sein Opfer liebevoll aufgebahrt hat. Links und rechts Blumen. Das ist verrückt. Der Kopf wurde ungewöhnlich sauber vom Torso getrennt, als hätte man eine Sichel benutzt. Ein glatter Schnitt. Allerdings fand diese Hinrichtung, wie ich sie nennen würde, nicht hier statt. Dafür fand ich viel zu geringe Ausblutungsspuren. Das Opfer wurde, aus welchen Gründen auch immer, genau hier deponiert.

Ich weiß nicht, ob es in einem Zusammenhang mit diesem Toten gesehen werden kann, dass in ungefähr vierhundert Metern Entfernung ein BMW-SUV gefunden wurde, auf dessen offener Ladefläche Blutspuren entdeckt wurden. Ein Abgleich findet bereits statt. Ich warte jeden Augenblick auf das Ergebnis. Der Wagen mit dem Klever Kennzeichen ist zugelassen auf einen Armin Hölscher aus Rees. Ein Psycho ...«

»Ich weiß, Schiller. Das ist ein Psychotherapeut, der früher einmal der Partner von diesem Dr. Ruschtin war. Sie erinnern sich an unseren Fall mit der Selbsthilfegruppe? Erst gestern Morgen wollte ich mit dem telefonieren. Er war aber angeblich unterwegs zu einem Termin, der weder seiner Frau noch seiner Sekretärin bekannt war. Nun wissen wir auch warum. Verdammter Mist. Mir gehen allmählich die Zeugen aus in dem Fall.«

Liebig riss einen Zweig, der ihm von einer Windbö durch das Gesicht getrieben wurde, vom Busch ab und schlug damit auf die unschuldige Pflanze ein. Schließlich warf er sich wieder herum und fasste Rita an den Arm, die erschrocken ihren Chef ansah.

»Telefonieren Sie mit den Kollegen in Rees und lassen Sie das Mobiltelefon konfiszieren. Ich will sämtliche Verbindungsdaten auch vom Festnetztelefon. Wir müssen herausfinden, wer den Termin mit Armin Hölscher heute Morgen verabredet hat. Wenn wir diesen Namen haben, werden wir auch den Mörder aller anderen Opfer kennen. Das könnte der entscheidende Fehler des Wahnsinnigen sein und unsere bisher einzige Chance, den zu fassen.«

Rita Momsen entfernte sich einige Meter und fischte ihr Smartphone aus der Tasche. Sie gab den Auftrag an den Kollegen Spiekermann weiter, der ihr versprach, das sofort zu erledigen.

»Was ist denn bei euch los, Rita? Ich habe nur was von einem Leichenfund gehört. Schon klar, wer das ist?«

»Oh, Verzeihung. Das vergaß ich zu sagen. Es handelt sich mit großer Wahrscheinlichkeit um den Ehemann von Frau Hölscher. Ich denke, dass wir ihr vorerst einen fadenscheinigen Grund vorschieben und noch nichts von unserem Verdacht verlauten lassen. Sagen Sie einfach, dass wir weiter nach ihrem Mann suchen und dazu diese Daten auswerten möchten.«

»Ich bin mir nicht sicher, ob das Absicht war, dass der Zündschlüssel immer noch steckt. Ein Versehen kann ich mir bei dem gewieften Täter nicht vorstellen. Aber vielleicht hat er diesem Umstand keine Bedeutung beigemessen oder wurde gestört.«

Schiller zeigte auf das Lenkrad und machte sich ein weiteres Mal an den Blutflecken auf der Ladefläche zu schaffen. Peter Liebig drehte den Schlüssel eine Stufe weiter und beobachtete die Anzeigen in der Armatur. Rita Momsen sah ihm aufmerksam zu.

»Sagten Sie nicht, dass Hölscher und Ruschtin in Heidelberg studierten und dass sie sich danach aus den Augen verloren? Hölscher wohnte doch in Rees, sodass es mich schon wundern würde, wenn er sich hier in Essen allzu gut auskennen würde. Ich werde also von jemandem irgendwo hinbestellt, wobei sich der Treffpunkt in einer anderen, mir weitestgehend unbekannten Stadt liegt. Was tue ich, wenn ich einen solchen Luxusschlitten fahre?«

»Natürlich, Momsen, sehr gut. Das ist genial.«

Hektisch drehte Liebig an dem Knopf auf der Konsole und suchte die Navigation. Zwei Augenpaare starrten fasziniert auf die Liste der angefahrenen und gespeicherten Ziele.

»Da, wir haben sie. Die einzige Adresse aus Essen ist diese hier. Eststraße. Aber das ist doch genau hier. Das würde bedeuten, der Täter hat Hölscher auf diesen verlassenen Parkplatz vor der Gartensiedlung bestellt und ... Verdammt, der muss ihn genau hier getötet haben ... in aller Öffentlichkeit. Wir stellen uns das einmal vor. Dieses Schwein wird ihn höchstwahrscheinlich mit irgendetwas betäubt haben, vielleicht auch nur niedergeschlagen, trennt dem Mann dann im Ladebereich sauber den Kopf ab, legt den Torso für mögliche Spaziergänger an die Straße, stellt den Wagen anschließend wieder hier ab und verpisst sich mit dem Schädel. Was macht er damit? Der oder die wird ebenfalls hier geparkt haben.«

Das Wort *Trophäe* kam sehr leise aus Rita Momsens Mund. In die eintretende Stille hinein meldete sich Schiller von hinten, der dieser Unterhaltung gefolgt war.

»Liebig, Sie haben da einen großartigen Fang gemacht.«

»Was soll das heißen?«

»Ich meine damit Ihre Praktikantin. Da wird noch mal was draus. Lassen Sie die Frau bloß nicht von der Leine. Ein paar Jahre noch und dieses schlaue Mädchen wird unseren Sherlock Holmes hier ersetzen. Sie sind ja sowieso nicht mehr der Jüngste, Liebig.«

Schiller wich geschickt dem Brillenetui aus, das Liebig aus der Ablage gegriffen und nach dem Mediziner geworfen hatte.

»Vorher feiern wir aber Ihren Abschied, Opa. Ihre Arthrose wird Ihren Abgang noch beschleunigen. Aber lassen wir uns zuvor noch diesen Fall gemeinsam lösen.«

Die letzten Worte wurden von einem mittlerweile ungewohnten Lachen des Hauptkommissars begleitet. Auf

Schillers Display erschien während des Klingelns die Nummer seines Assistenten.

»Sie hatten recht, Chef. Die Blutgruppen sind identisch. Der Leichnam wurde definitiv in dem Fahrzeug befördert. Wir konnten unter anderem eine größere Menge Pflanzengift feststellen, wobei es sich um Engelstrompete handeln dürfte. Weitere Substanzen müssen wir noch isolieren.«

Schiller berichtete dem Kollegen Liebig ausgiebig über die Analyse seiner Abteilung. Es wunderte ihn nicht, dass sich die Gesichtsfarbe des Polizisten veränderte. Beide wussten, wo ihnen dieser Giftcocktail schon einmal begegnet war.

30

Das Meeting am Morgen wollte nicht so recht in Gang kommen. Das Team erkannte überdeutlich, dass sie momentan auf der Stelle traten und der Täter sich immer noch keine Blöße gab. Hinter den erfahrenen Ermittlern lagen zahllose Fälle, in denen sie früher oder später den Verursacher vor Gericht zerren konnten. Nur sehr wenige Tötungsdelikte wanderten ins Archiv und hofften darauf, irgendwann einmal durch Zufall gelöst zu werden. Mutlosigkeit machte sich breit und drückte auf die Stimmung.

Die Abteilung KTU hatte jeden Winkel des gefundenen BMWs nach Spuren abgesucht, die eventuell Hinweise auf einen Fremden zuließen. Der gesamte Bereich im Innenraum war sozusagen clean. Selbst am Lenkrad waren die Fingerabdrücke des Wagenbesitzers abgewischt worden. Lediglich im hinteren Bereich, in dem ein Blutflecken auf den Transport Hölschers hinwies, konnten die Techniker mit Bestimmtheit sagen, dass dort zuvor eine Folie den Filzbelag abdeckte. Dabei handelte es sich um eine grüne Gewebeplane aus Polyethylen, wie es sie in jedem Baumarkt für ein paar Cent zu kaufen gab. Ein möglicher Schnitt oder ein Loch darin mochte Schuld daran gewesen sein, dass etwas Blut des Opfers in den Filz laufen konnte. Sicherlich war das passiert, als der Mörder Hölschers Hals durchtrennte. Das war sicher nicht beabsichtigt, doch tippten alle darauf, dass dem Täter die Zeit nicht blieb, auch diese Spur zu beseitigen. Allerdings lieferte es auch keine weiteren Hinweise auf den Mörder. Liebig wirkte zeitweise abwesend, was Rita Momsen mit einer gewissen Sorge registrierte. Nur kurz schaute ihr Chef auf, als sie beherzt die wenigen Briefe unter seiner Hand wegzog und nach und nach öffnete. Erst als sie als Absender die Praxis Armin Hölscher erkannte, stockte sie und wedelte damit vor Liebigs Gesicht herum. Der erkannte schnell, dass es die Post war, die er erst am Nachmittag erwartet hatte.

Er wusste nicht, was er tatsächlich von den Fotos erwartete, als er sie durchsah. Sie zeigten in den meisten Fällen sich vergnügende, junge Menschen, die fast ausnahmslos angeheitert wirkten. Diesen Zustand führte Peter Liebig auf die vielen Bier- und Schnapsgläser zurück, die sich sogar teilweise über den Tisch entleert hatten. Wohl eines der berüchtigten Saufgelage, die Studenten sehr gerne an freien Abenden in den Szenekneipen oder auf der Bude veranstalteten. Seine besondere Aufmerksamkeit schenkte er einem Gruppenfoto, das vor dem Eingang eines altehrwürdigen Gebäudes geschossen worden war. Hier zeigten die jungen Menschen größtenteils ernste Gesichter. Jemand hatte mit einem roten Stift Pfeile gezeichnet und Namen über die gekennzeichneten Personen geschrieben. Es fanden sich Namen, wie Hartmut, Harald, Armin und ein Ich, wobei die Vermutung nahe lag, dass Frau Hölscher diese Hinweise gab und sich selbst als Ich kennzeichnete. Der Hauptkommissar griff nach seinem Vergrößerungsglas und prägte sich jedes einzelne Gesicht ein, fand jedoch nichts Auffälliges, was ihm weiter half. Es handelte sich um Profile, wie sie hunderttausendfach zu finden waren. Außerdem hatte der Zahn der Zeit an dem Aussehen der Personen genagt, was den Vergleich zum heutigen Aussehen zumindest erschwerte.

»Rita, sind Sie so lieb und veranlassen, dass dieses Gruppenfoto vergrößert und an die Wand geheftet wird?«

Ein Bild, auf dem ganz klar Ruschtin und dieser Harald Kloppe zu sehen war, ließ ihn einen Moment innehalten. Die beiden Männer blickten sich in einer Vertrautheit in die Augen, die deutlich bewies, dass hier mehr als eine normale Freundschaft vorhanden schien. Nun überraschte Liebig diese Erkenntnis nicht besonders, da er von der Beziehung der beiden Männer zueinander wusste. Beide Männer zeigten gewisse feminine Züge, die auch Ruschtins Bart nicht vollständig verdecken konnte. Er warf das Foto auf den Haufen zu den anderen.

»Was verschafft mir die Ehre Ihres Besuches, Herr Liebig? Kann ich Ihnen helfen?«

Schiller blickte nur kurz auf, zupfte am Mundschutz und setzte das Skalpell sofort wieder unterhalb des Schlüsselbeins des vor ihm liegenden Männerkörpers an. Routiniert zog er den Schnitt nach unten. Aus dem Nebenraum vernahm der Polizist Geräusche, die darauf hinwiesen, dass Schillers Assistent an den Fächern der Kühlkammern hantierte, in denen weitere Kunden auf ihre Autopsie oder die Abholung durch einen Bestatter warteten.

»Möchten Sie dabei sein, wenn ich Hölscher öffne? Wie Sie unschwer erkennen können, beginne ich gerade. Der Staatsanwalt hat erst vor einer Stunde den Auftrag zur inneren Leichenschau rübergeschickt. Der Mann scheint mittlerweile mit Ihren vielen Leichen überfordert zu sein. War nur ein Scherz ... sorry, Liebig. Aber der Sesselfurzer sollte doch mittlerweile wissen, dass jede unnötige Verzögerung die genaue Beurteilung von Todesursachen erschweren kann.«

»Macht nichts, Schiller. Fangen Sie an, ich bin das in der Zwischenzeit schon gewöhnt.«

Den Polizisten wunderte es nicht, dass beim Schnitt nur noch wenig Blut austrat, das allerdings jetzt eine blaurote Farbe aufwies, was der eingetretenen Sauerstoffarmut geschuldet war.

»Habe ich das richtig in Erinnerung, dass der Tod gestern Abend zwischen zwanzig und dreiundzwanzig Uhr eingetreten ist?«

Schiller nickte nur und arbeitete wortlos weiter. Der senkrechte Schnitt endete unterhalb des Nabels. Ein querverlaufender Schnitt durch den Brustkorb ermöglichte dem Gerichtsmediziner, die Hautlappen zur Seite zu schlagen. Nun wurde den Anwesenden der Blick auf die inneren Organe ermöglicht. Ohne aufzuschauen, erfolgte Schillers Erklärung.

»Um Ihre Frage zu beantworten. Die Enddarmmessung vor Ort ergab noch eine Temperatur, die das bestätigte. Die

Vegetation unter der Leiche zeigte außerdem noch keine nennenswerte Verfärbung oder Vergeilung, wie wir das nennen. Das sind zum Beispiel Wachstumsveränderungen bei den Pflanzen durch fehlenden Lichteinfluss. Ach, was mich so am Rande interessiert, Liebig. Wie hat Frau Hölscher eigentlich so auf die Todesnachricht ihres Mannes reagiert? Erwähnten Sie nicht, dass der saubere Herr hier einen Klüngel mit einer anderen Frau hatte? Könnte die gnädige Frau Hölscher vielleicht davon gewusst haben? Nun ja, es wäre wohl nicht das erste Mal, dass eine betrogene Ehefrau, die außerdem noch vermögend ist, ihren untreuen Gatten ... na, Sie wissen schon.«

Liebigs Mund verzog sich zu einem kaum wahrnehmbaren Grinsen. Immer wieder überraschte ihn der kluge Mediziner mit seinen Überlegungen zu den aktuellen Fällen. Schon oft lieferte er wertvolle Hinweise und mögliche Motive. Sie waren ein eingespieltes Team, das immer öfter aufgabenübergreifend zusammenarbeitete, sich hervorragend ergänzte.

»Daran habe ich auch schon gedacht. Wir haben uns mal die Mühe gemacht und sind die Vermögensverhältnisse der Familie Hölscher durchgegangen. Dabei fiel das Motiv der möglichen Bereicherung weg, da die Familie der Ehefrau über das nötige Kleingeld verfügt, das Armin Hölscher zum Start der Praxis als Darlehen erhielt. Die Sekretärin, also diese Frau Schreiber, schwört Stein und Bein, dass die Frau Hölscher absolut ahnungslos war. Auf mich wirkte die Frau auch ehrlich geschockt. Natürlich behalte ich diese Möglichkeit im Auge. Mein Bauch sagt mir aber, dass diese Tat im Zusammenhang mit den vorherigen Morden zu sehen ist.«

»Gut, gut ... war nur so eine Idee von mir. Jetzt schauen wir uns einmal die Lunge genauer an. Mir drängt sich der Verdacht auf, dass sich der Umfang sichtbar verringert hat, was ich auf die Zufuhr von diesem Pflanzengift, der Engelstrompete, zurückführe. Im Blut haben wir ja schon größere Mengen gefunden. Ich werde jetzt einen Schnitt durchführen, um ...«

In Liebig kam nach dieser Ankündigung Bewegung. Es wirkte schon ein wenig wie Flucht, als er sich umwandte und auf den Ausgang zusteuerte.

»Mir fällt gerade ein, dass ich noch einen wichtigen Termin in der Innenstadt habe. Lassen Sie sich bitte nicht aufhalten. Ich hoffe, dass ich noch heute Nachmittag den Bericht bekomme.«

Wissend um die Befindlichkeit des vorher so mutigen Beobachters lächelte Dr. Schiller amüsiert unter seinem Mundschutz und verfolgte den davoneilenden Hauptkommissar mit den Augen.

31

David Pastise fluchte laut, als ihm ein großer Tropfen Schokoeis vom Hörnchen auf die Jeans tropfte. Seine Zunge fuhr über die Waffel, um weitere Flecken zu vermeiden. Schweigend reichte ihm Kerstin Beltin, die neben ihm auf der Parkbank Platz genommen hatte, ein halbwegs sauberes Taschentuch, das er dankend annahm und über den immer größer werdenden Flecken rieb.

»Du musst schon etwas Wasser dazu nehmen, sonst verschmierst du Blödmann doch alles noch mehr. Klar ... Männer!«

Kerstin schüttelte verständnislos den Kopf und konzentrierte sich auf ihr Eishörnchen, von dem ebenfalls gerade ein großer Tropfen herunterfallen wollte. Die offene Handfläche verhinderte im letzten Moment, dass ihr Kleid besudelt wurde. Die letzten Reste der Waffel verschwanden in ihrem Mund, als eine vertraute Stimme hinter ihnen beide zusammenfahren ließ.

»Darf ich mich dazugesellen? Das scheint ja weit und breit der einzige Schattenplatz zu sein. Ist es Zufall, dass ich euch zusammen antreffe, oder habt ihr gemeinsam einen entspannten Nachmittag geplant? Fände ich übrigens gut, dass man sich an eurer Stelle mal zum Austausch trifft. Wie heißt es immer so schön? Geteiltes Leid ist halbes Leid. Ich hoffe, ich störe nicht.«

David fing sich als erster von beiden und rückte zur Seite, damit sich Dr. Ruschtin zwischen sie setzen konnte.

»Wie Sie ja bereits durch unser Telefonat wissen, haben wir beschlossen, dass wir im Augenblick ein wenig zusammenrücken. Das hat natürlich mit diesen Morden zu tun. Immer, wenn was Ungewöhnliches passiert, benachrichtigen wir uns entweder durch eine Telefonkette oder wir treffen uns ... so wie heute.«

»Und? Ist was Besonderes passiert? Schließlich sitzt ihr hier zusammen.«

Fragend blickte Ruschtin von einem zum anderen und wartete ab. Kerstin fand die richtigen Worte.

»Nun ja, eigentlich nicht, Herr Ruschtin. Aber es kann ja nicht schaden, wenn man ein Lebenszeichen von sich gibt. In der heutigen Zeit stirbt es sich ja schließlich schneller, wie die jüngste Vergangenheit beweist.«

»Na, du hast aber einen erstaunlichen Humor, Kerstin. Aber wieso nicht? Jeder geht anders mit dieser Situation um. Leider haben wir ja im weiteren Umfeld einen erneuten Verlust zu beklagen, wie mir heute Morgen durch die Kripo mitgeteilt wurde. Dieser Hauptkommissar Liebig informierte mich darüber, dass mein früherer Partner Hölscher ... ich berichtete euch ja schon früher darüber, dass wir zusammenarbeiteten ... auf sehr unschöne Art und Weise ums Leben kam. Mittlerweile wird es allerdings bei den Herrschaften des Morddezernates zu einer dummen

Angewohnheit, mich sofort um ein Alibi zu bitten. Eigentlich kein Problem, aber immerhin störend. Auf mir scheint der Schatten eines Massenmörders zu liegen.«

Beifallheischend blickte Ruschtin in die Runde, erntete aber nur ein unsicheres Lächeln der beiden. Keiner wusste, wie er auf diese Bemerkung reagieren sollte.

»Was mir gerade dazu einfällt ...«

Er sah David dabei besonders an.

»Hauptkommissar Liebig erwähnte im Zusammenhang mit der Ermordung von Armin Hölscher, dass der Verstorbene mit einem Drogen- oder Giftcocktail vollgepumpt wurde. Man fand auch dieses Pflanzengift der Engelstrompete. Astrid erzählte mir mal in einer stillen Stunde, dass ihr zwei damit ab und zu, sagen wir einmal, experimentieren würdet. Sie sprach von einem Tee, den ihr euch zubereitet.

Keine Sorge, David, ich habe kein Sterbenswort gegenüber dem Polizisten verloren. Aber ich dachte, dass ich es dir besser erzähle. Nicht, dass ich glaube, dass du etwas mit der Sache zu tun haben könntest ... warum denn auch? Du kanntest Armin ja gar nicht. Oder etwa doch?«

Zwei Augenpaare richteten sich auf David, der völlig verunsichert wirkte.

»Astrid hat Ihnen das erzählt? Wie kam sie denn dazu? Wir hatten uns geschworen, dass wir keinem Außenstehenden ...«

»Jetzt beruhige dich bitte wieder. Davon wird auch niemand erfahren, das verspreche ich dir. Und du, Kerstin, vergisst bitte wieder, worüber wir gerade sprachen. Keiner von uns wird auch nur einen Gedanken daran verschwenden, dass du ...«

»Habe ich auch nicht, das müsst ihr mir glauben!«

Die umstehenden Passanten blickten erstaunt herüber, da David wieder einmal seine Empörung überlaut hervorgebracht hatte.

»Was ist los? Hier gibt es nichts zu glotzen. Kümmert euch um euren eigenen Scheiß!«

Ruschtin legte ihm beruhigend die Hand auf den Arm und zog ihn wieder runter auf die Parkbank. Einige junge Männer hatten David bereits den Stinkefinger gezeigt und näherten sich drohend. Dr. Ruschtin beschwichtigte, indem er die Männer ansprach.

»Alles ist gut, meine Herren. Nichts passiert. Gehen Sie bitte weiter.«

Ruschtin wandte sich an David.

»Und du, David, solltest weiter an deinem Jähzorn arbeiten. Irgendwann wird das schiefgehen und andere werden da nicht mehr so drüber hinwegsehen. Du lebst damit gefährlich.«

»Ach, mir geht das gehörig auf den Senkel, dass die Menschen so neugierig sind. Man soll mich in Ruhe lassen, verdammt.«

»Lasst uns das Thema wechseln. Ich mach mir genauso wie ihr darüber Sorgen, dass es jemand scheinbar auf unsere Gruppe abgesehen hat. Wie wir ja feststellen müssen, kann uns die Polizei nicht schützen. Wir sollten also selbst tätig werden. Ich habe noch keinen blassen Schimmer, wie wir das anstellen, aber eines weiß ich auf jeden Fall. Wenn wir nichts tun, besteht die Gefahr, dass wir selbst auf der Strecke bleiben.«

Kerstin saß mit eng angezogenen Beinen auf der Bank und stützte ihr Kinn auf die Knie. Sie sprach wie zu sich selbst.

»Was können wir denn Ihrer Meinung nach tun? Sind wir doch mal ehrlich. Der Täter muss doch einer von uns sein, oder? Welcher Außenstehende sollte denn sonst ein Interesse daran haben, ausgerechnet uns zu beseitigen. Alles spricht klar dafür, denn er oder sie scheinen ja alles über uns zu wissen. Sehe ich das falsch?«

David sprang in seiner Erregung auf und wanderte mit in den Hosentaschen versteckten Händen vor der Bank auf und ab.

»Kerstin hat recht. Wem kann ich denn noch vertrauen? Jeder von uns könnte es sein ... jeder. Ich kann nur eine Person davon ausschließen: mich selbst. Also wäre es doch fatal, mit euch einen Plan zu schmieden. Dann weiß der Mörder doch sofort Bescheid. Ich werde von jetzt ab alleine für meinen Schutz sorgen. Und soll er doch kommen. Ich habe keine Angst. Dem werde ich es schon zeigen.«

Seine rechte Hand tauchte aus den Tiefen der Hosentasche wieder auf und ließ kurz den Griff einer kleinkalibrigen Waffe aufblitzen.

»Soll er es doch versuchen. Dann wird er selbst sein nächstes Opfer sein. Ich kann mich schon wehren. Ihr könnt ja tun und lassen, was ihr wollt. Ich blase ihm das Hirn raus.«

»Um Gottes willen, David. Gib mir sofort die Waffe. Du wirst dich damit unglücklich machen. Wenn man dich mit einer geladenen Waffe erwischt, wanderst du für Jahre in den Bau. Stell dir einmal vor, du tötest damit einen Unschuldigen, nur weil du eine falsche Vermutung hast. Du würdest nie wieder glücklich. Gib sie mir bitte. Ich bringe sie zur Polizei und sage denen, dass ich sie gefunden hätte. Wir dürfen jetzt aus Panik nichts tun, was uns selbst schadet. Verdammt, wo soll das Ganze noch hinführen?«

Nun war Ruschtin ebenfalls aufgestanden, stand mit ausgestreckter Hand vor David. Der Trotz ließ dessen Gesicht rot anlaufen.

»Nein, Dr. Ruschtin, das werde ich auf keinen Fall tun. Ich werde mich nicht wehrlos der Gefahr aussetzen, irgendwann von einem Psychopathen getötet zu werden. Egal, wer es von uns ist, ich töte ihn, bevor er mich umbringt. Geht ruhig zur Polizei und schwärzt mich an. Na und, dann buchten die mich eben ein. Zumindest bin ich dann in Sicherheit.«

Kerstin sprang nun ebenfalls auf und schüttelte David an den Schultern.

»Mensch David, komm wieder runter. Es ist doch der Wahnsinn, wenn wir uns gegenseitig verdächtigen. Vielleicht will der Täter ja genau das. Es gibt doch noch keinen einzigen, stichhaltigen Beweis dafür, dass es tatsächlich einer aus unserer Gruppe ist. Es kann doch genauso gut ein Außenstehender sein, der uns ausspioniert hat. Durch sein geschicktes Taktieren könnte er doch beabsichtigen, dass wir uns gegenseitig fertigmachen. Gib Dr. Ruschtin die Waffe, David. Ich flehe dich an.«

Kerstin legte weinend ihren Kopf an Ruschtins Schulter, als sich David ohne jedes weitere Wort umdrehte und sich unter die Besucher des Parks mischte. Zurück ließ er zwei Menschen, die nun ein Problem mehr auf sich zukommen sahen. Der Psychotherapeut legte den Arm um Kerstin und drückte sie an sich.

»Ich rede noch mal mit ihm. Er befindet sich im Augenblick in einer außergewöhnlichen Stresssituation. Er wird schon wieder zur Vernunft kommen. Hast du in seine Augen gesehen? Er leidet womöglich noch an den Nachwirkungen eines Rauschzustandes. Morgen sieht die Welt wieder ganz anders aus. Kann ich dich irgendwohin mitnehmen?«

32

»Was will sie denn? Wo habt ihr sie hingebracht?«

Bei Liebig klingelten sofort alle Alarmglocken, als Rita Momsen den Kopf durch die Bürotür steckte und ihm berichtete, dass Kerstin Beltin im Haus erschien und nach dem ermittelnden Beamten im Fall der Selbstmorde fragte.

»Sie sitzt derzeit beim Kollegen Spiekermann, der ein Protokoll erstellt. Soll ich sie reinholen?«

»Unbedingt! Jeder noch so kleine Hinweis ist vielleicht wichtig für uns. Her mit der Dame.«

Peter Liebig kam Kerstin schon an der Tür entgegen und begleitete sie zum Stuhl vor seinem Schreibtisch. Er zog sich einen zweiten dazu und setzte sich der jungen Frau genau gegenüber.

»Wo drückt der Schuh, Frau Beltin? Irgendwas scheint Sie sehr zu beschäftigen. Das sieht man Ihnen deutlich an. Lassen Sie es raus. Es könnte ja schließlich sein, dass es wichtig ist.«

Rita beobachtete erstaunt, dass Liebig sogar die Hände der Zeugin ergriff und beruhigend streichelte. Eine Geste, die sie bei dem vom Schicksal geprüften Mann niemals erwartet hätte. Geduldig warteten beide darauf, dass Kerstin Beltin endlich ihren Mut zusammennahm und sie über den Zweck ihres Besuches aufklärte. Minuten vergingen, bevor sie den ersten Ton durch ihre zitternden Lippen presste.

»Er hat eine Waffe. Dieser Idiot hat sich wirklich eine Waffe besorgt und glaubt, dass er sich damit schützen kann. Wir haben alles versucht, damit er sie abgibt. Nein, er besteht darauf, dass er sie zum eigenen Schutz behält.«

Wieder schrillten die Alarmglocken bei dem Polizisten.

»Halt ... nun mal langsam. Zuerst einmal ... von wem sprechen wir im Augenblick? Wer besitzt eine Waffe? Und dann muss ich wissen, wen, in Gottes Namen, Sie mit *WIR* meinen?«

Das Beben in Kerstins Körper verstärkte sich noch, als ein Strom von Tränen aus ihren geröteten Augen schoss. Sie riss ihren Kopf nach hinten und schrie es fast heraus.

»David wollte einfach nicht auf Dr. Ruschtin hören, ist einfach gegangen, als er ihn aufforderte, ihm die Waffe auszuhändigen. Wir wollten ihm doch nur helfen, damit er nichts Falsches tut. Alle in der Gruppe wissen, dass David schon vor Jahren davon sprach, dass er gerne dem Teufel ins Gesicht lachen würde. Er laberte oft davon, wie schön es sein müsste, vom Leben zum Tod überzugehen. Wir haben Angst, dass er sich was antut. Er sprach zwar nur davon, sich gegen den möglichen Mörder zur Wehr setzen zu wollen, aber bei ihm kann man nicht wissen. Wenn er wieder einmal unter Drogen ...«

»Moment, Frau Beltin. Wie kommen Sie darauf, dass er Drogen nimmt? Wissen Sie, um welche Drogen es sich dabei handelt? Es ist sehr wichtig für uns. Was nimmt er zu sich? Kokain, Heroin oder was auch immer ... wir müssen das wissen.«

Erwartungsvoll wechselten Rita Momsen und Liebig einen Blick, bevor er sich wieder voll auf die schluchzende Frau konzentrierte. Sie wollte aufstehen. Liebig spürte, dass sie glaubte, einen Schritt zu weit gegangen zu sein. Fest umfasste er die Hände der Frau und hielt sie mit sanfter Gewalt zurück.

»Bitte, Herr Hauptkommissar, lassen Sie mich gehen. Es war falsch, hierher zu kommen. David ist ein guter Mensch. Er tut keiner Fliege was zuleide.«

»Das behauptet ja auch keiner, Frau Beltin. Wir sind nicht vom Drogendezernat. Uns interessiert der Drogenkonsum aus einem ganz anderen Grund. Für uns ist es kolossal wichtig, welche Drogen er verwendet. Könnte es sich auch um Pflanzengifte handeln? So was wie Engelstrompete?«

Liebig blickte in verweinte Augen und wusste, dass er ins Schwarze getroffen hatte, obwohl sie nichts sagte.

»Es ist Engelstrompete, nicht wahr? Das ist in Deutschland nicht verboten. Dafür wird er nicht bestraft. Alles ist gut. Sagen Sie uns nur noch, wo wir David in diesem Augenblick erreichen könnten. Wir müssen mit ihm reden und versuchen, ihm die Waffe wegzunehmen. Unsere wichtigste Aufgabe kann jetzt nur sein, zu verhindern, dass er für andere und sich selbst zur Gefahr wird. Sie haben alles richtig gemacht, indem Sie uns informierten. Nur müssen wir wissen, wo er sich befindet.«

»Ich weiß es nicht genau, Herr Hauptkommissar. Er ist einfach weggelaufen und hat uns stehen lassen. Dr. Ruschtin versprach mir, dass er sich um David kümmern würde. Ich kann Ihnen gar nicht sagen, welche Angst ich habe. Ich kann Ihnen aber nicht wirklich erklären, warum. Ich spüre nur, dass etwas Schreckliches geschehen wird. Helfen Sie uns bitte, damit diese Angst endlich vorbei geht. Ich halte das nicht mehr lange durch. Alle aus der Gruppe suchen nach David. Sobald ihn jemand gefunden hat, sagt er den anderen Bescheid. Wir wollten uns dann alle spätestens um acht bei Dr. Ruschtin treffen.«

Die Kaffeetasse, die Rita ihr angereicht hatte, drohte von der Untertasse zu fallen, dermaßen stark war das Zittern in den Händen der Frau. Mit beruhigenden Worten nahm die Praktikantin sie wieder aus Kerstins Händen, stellte sie auf der Schreibtischfläche ab. Liebig signalisierte ihr, dass sie die Frau ins Nebenzimmer führen sollte. Er selbst griff zum Telefon und beorderte seine Mannschaft in den Besprechungsraum.

Mit wenigen Sätzen informierte Peter Liebig seine Leute über das aktuelle Geschehen. Jeder von ihnen konnte einschätzen, was eine Waffe in den Händen eines Menschen anrichten konnte, der zum einen unter dem Einfluss von Rauschmitteln stand und zum anderen einem emotionellen Stress ausgesetzt war. Schnell hatte sich da ein Schuss gelöst, der Unschuldige gefährdete. Es dauerte nur wenige Minuten, bis die Fahndung an alle Einsatzkräfte in der Stadt herausgegeben war.

»Wie schätzen Sie alle die Situation ein? Ich denke dabei an dieses Treffen in der Ruschtin-Villa. Ich persönlich habe dabei kein gutes Gefühl, da es mir vorkommt wie eine konspirative Sitzung. Was passiert, wenn die aus einer Panik heraus falsche Entscheidungen treffen, die sich womöglich gegen einen von ihnen richtet? Da traut doch keiner mehr dem Nebenmann über den Weg. Sie hätten vorhin nur Kerstin Beltin erleben sollen. Die stand total neben sich, war völlig orientierungslos. Solche Menschen lassen sich wunderbar manipulieren und zu Handlungen verführen, die dem Täter von Nutzen sind.«

Spiekermann saß mit weit unter den Tisch gestreckten Füßen da und murmelte zumindest so laut, dass es jeder am Tisch verstehen konnte.

»Ich denke, dass mittlerweile jeder hier in der Runde daran glaubt, dass wir den Täter unter den fünf verbliebenen Gruppenmitgliedern suchen müssen. Ich ...«

»Vier Mitglieder, liebe Kollegen. Es sind vier.«

Rita rief die Worte in den Raum, nachdem sie die Tür aufgerissen hatte und hineinstürmte.

»Man hat David bereits gefunden. Vor einer Minute rief eine Streife an. Sie haben das Gebiet rund um eine Zechenbrache im Oefter Wald abgesperrt. Da befinden sich die Überreste der Zeche Rudolph mit der alten Maschinenhalle. Ein Spaziergänger glaubte, mindestens einen Schuss gehört zu haben. Als er sich der Stelle näherte, wo er den Verursacher vermutete, sah er jemanden weglaufen. Als er schon den Ort verlassen wollte, bemerkte er einen Körper, der zusammengesunken an einer verfallenen Mauer lehnte. Die Kollegen aus dem Streifenwagen erzählen, dass der Zeuge geistesgegenwärtig den Notruf 112 und anschließend die 110 anrief. Die sind jetzt alle vor Ort. Mehr weiß ich noch nicht.« Jeder im Team wusste im gleichen Augenblick, was er zu tun hatte. Sie sprangen auf und griffen nach ihren Jacken.

»Spiekermann, Sie bleiben hier. Ich brauche jemanden in der Zentrale, auf den ich mich verlassen kann. Die anderen in die Fahrzeuge. Wir treffen uns vor Ort. Sie, Rita, sagen Schiller Bescheid. Ich weiß zwar noch nicht, ob Pastise tot ist, möchte aber so früh wie eben möglich den Mann dabei haben. Auf geht´s.«

Als Liebig mit dem Einsatzteam in der Straße *Zum Timpen* einbog, warteten dort schon mehrere Polizeifahrzeuge. Die Beamten diskutierten mit einigen Neugierigen, die unbedingt zur Maschinenhalle durchgelassen werden wollten. Nach kurzem Fußmarsch erreichten die Männer das alte Gebäude, das in den letzten Jahren nur noch von wenigen Ortskundigen oder Fotografen aufgesucht wurde. Die Natur war im Begriff, das große Backsteingebäude mit seinem bröckelnden Mauerwerk wieder zurückzuerobern. Die riesigen, gleichmäßigen Fensterbögen und die efeubewachsenen Mauern ließen eher eine verwunschene Klosterkirche vermuten, als eine verlassene Maschinenhalle. Beim Blick durch die Fenster beeindruckten noch die alten, gemauerten Fundamente, auf denen einst die schweren Fördermaschinen Platz fanden. Ein feuchter

Nebel hüllte diese Ruine ein, sodass selbst die vielen Menschen, die jetzt das Gebäude sicherten, nichts von der Atmosphäre nehmen konnten, die dieses Gebäude verströmte. Die Luft roch nach Moder und sorgte dafür, dass fast jeder vor Ort die Stimme in Ehrfurcht senkte. Es war ein besonderer Zauber, der hier auf die Menschen wirkte.

Zwischen faulendem Holz knieten zwei Sanitäter und ein Notarzt, bemühten sich um den jungen Mann, dessen Kopf blutüberströmt auf einem Stützkissen ruhte. Nur kurz hob der Arzt den Kopf, als er Liebig neben sich spürte. Auf die unausgesprochene Frage in dessen Augen antwortete der Mediziner nur mit einem stummen Kopfschütteln. Kurz darauf erhob er sich und streifte die Handschuhe von den Händen.

»Suizid, würde ich sagen. Die Waffe hält er in der Hand. Als ich ankam, lebte er noch. Aber der hohe Blutverlust und die Schädigung des Schädels ... keine Chance. Armer Kerl. Brauchen Sie mich hier noch? Den Bericht schicke ich ins Präsidium, wie immer.«

Peter Liebig nickte wortlos, verfolgte den jungen Arzt noch mit den Augen. Ungeduldig wartete er auf Schiller, der mittlerweile eingetroffen war und sich in einiger Entfernung mit dem Notfallmediziner austauschte.

»Na, Liebig, so allmählich reduziert sich der Haufen aber gewaltig. Eigentlich könnten wir uns gemütlich zurücklehnen und abwarten, bis nur noch der Täter übrig bleibt. Der Kollege spricht von Suizid. Haben Sie schon einen Blick auf den Toten geworfen? Was denken Sie denn über diesen Fund?«

»Ich bin auch erst gerade eingetroffen, Schiller. Das einzig Interessante, was ich bisher erkennen konnte, war die Knarre, die dieser David Pastise immer noch in der Hand hält. So was sieht man nicht alle Tage. Im Waffenunterricht wurde uns diese Kleinkaliberpistole als typische Ordonanzpistole der Wehrmacht vorgestellt. Kein Mensch benutzt heutzutage dieses Spielzeug. Die wurde damals ganz inoffiziell an die Offiziere ausgegeben, damit sie sich beim Ausgang notfalls schützen konnten. Wie der Junge an die Haenel, Modell 1 kam, wird wohl ein Rätsel bleiben. Man nannte die damals auch *Schmeisser*. Die wird nur bei Sammlern gehandelt. Die verfügt über ein Kaliber 6,35 mm Browning. Die sechs Schuss aus dem Magazin brauchtest du auch schon, wenn du nur einen Hund töten wolltest. Allerdings für einen aufgesetzten Schuss am Schädel reichte die Schusswirkung völlig aus. Ich kann Ihnen das noch nicht erklären, was mir daran nicht gefällt. Ich werde das Gefühl nicht los, dass mit der Selbstmordversion was nicht stimmt. Werfen Sie mal einen Blick auf den Mann, Schiller.«

»Das klingt interessant. Lassen Sie uns mal sehen.«

Schiller stellte seine Tasche auf den Boden, ließ sich schnaufend daneben nieder und schrie kurz auf, als sich ein dürrer Ast in sein Knie bohren wollte.

»Verdammte Scheiße. Als wenn das Knie nicht schon kaputt genug wär. Macht mal Platz, Männer. Der Onkel Doktor kommt.«

Mindestens zehn Minuten vergingen, in denen Schiller immer wieder die Schussverletzung sichtete, vermaß und einen Stift durch den Schusskanal steckte. Schließlich reichte er Liebig schweigend die Hand und wartete darauf, dass der ihm wieder in die Senkrechte half.

»Sie sind ein Fuchs, Liebig. Ihrem Bauchgefühl kann man nichts vormachen. Sie haben ja so was von Recht. Das war definitiv keine Selbsttötung. Das sollte nur so aussehen. Es gibt mehrere Hinweise auf Fremdtötung. Ohne jeden Zweifel dürfen wir in diesem Fall von Mord reden.

Was mir sofort auffiel, war der Schusswinkel. Der kam von schräg oben, knapp oberhalb der linken Augenbraue. Das Geschoss fuhr durch den Stirnknochen Richtung rechtem Nackenbereich. Das zeigt uns klar, dass der Schütze links neben dem Opfer stand. Die Waffe liegt jetzt aber in der rechten Hand des Opfers. Erklären Sie mir einmal, warum ich mir die Waffe mit der rechten Hand auf die linke Schädelseite aufsetze und dann von oben nach unten schießen sollte. Es fehlen außerdem die deutlichen Spuren in der Handfläche.«

»Was muss ich mir darunter vorstellen?«

»Mensch Liebig, jetzt enttäuschen Sie mich aber. Wenn Sie eine Waffe aufsetzen und abfeuern, entsteht an der Aufsatzwunde eine massive Knochenabsplitterung. Ich habe nur auf der Waffe, aber nicht in der Handfläche solche gefunden. Es fehlen auch jegliche Gewebespuren. Sehen Sie sich die Hand mal an. Erkennen Sie die typischen Beschmauchungsspuren? Natürlich nicht. Die Waffe wurde dem Toten nachträglich in die Hand gedrückt. Ich bin davon überzeugt, dass ihm bei dieser absurden Haltung der Waffe, diese bei Auslösen sogar aus der Hand gerissen worden wäre. Die liegt aber fein säuberlich in der geschlossenen Faust des Opfers, weit weg vom Einschussloch. Nein, mein lieber Freund ... du hast dich nicht selbst getötet. Das sollte nur so wirken. Ich muss sagen, dass sich in diesem Fall der Täter ein wenig dämlich anstellte.«

Nachdenklich betrachtete Liebig das Gesicht des jungen Mannes, von dem er wusste, dass er drogenabhängig und leicht erregbar war. Er glaubte, ein gewisses Erstaunen in dessen weit aufgerissenen Augen zu erkennen. Er gab zu, diesen Mann dem engeren Kreis der Verdächtigen zugeordnet zu haben. Nun war er selbst zum Opfer geworden. Liebig ertappte sich dabei, den Eingangsworten Schillers, der ein Abwarten anriet, etwas Logisches abgewinnen zu wollen. Doch das würde gleichzeitig bedeuten, dass es noch drei weitere, unschuldige Opfer geben würde.

War es möglich, dass doch ein Außenstehender, den sie bisher noch nicht auf dem Zettel hatten, diese Taten beging? Gab es jemanden, der sich für ein ihm zugefügtes, vermeintliches Unrecht rächen wollte? Aber warum dann an der gesamten Gruppe? Natürlich durften sie nicht außer Acht lassen, dass es tatsächlich Psychopathen gab, die sich ein willkürliches Opfermuster ausguckten und dieses Vorhaben mit unglaublicher Akribie verfolgten.

»Liebig, sind Sie noch zuhause? Ich hatte Sie gefragt, ob ich den Toten abtransportieren lassen kann. Sie wissen, dass jede Minute wichtig für mich ist. Der Staatsanwalt dürfte schnell zu überzeugen sein. Also, was ist? Die

Spurensicherung packt schon die Koffer. Außerdem finde ich es hier mehr als ungemütlich. In spätestens einer halben Stunde wird es sowieso regnen, das kann ich schon jetzt in den verdammten Knien spüren. Ich hau ab. Verdammt, wo habe ich nur meine Schmerztabletten?«

33

»Chef, wir könnten eine kleine Spur haben.«

Mit einem Stapel Papier winkend betrat Rita das Büro von Peter Liebig und setzte sich unaufgefordert ihm gegenüber an den Schreibtisch. Gespannt sah er sie an und wartete auf die Erklärung.

»Die Kollegen von der SpuSi haben relativ frische Stiefelspuren festgestellt. Daran auffällig war besonders die Tatsache, dass sie sich einmal auf dem Weg zur Maschinenhalle neben einer weiteren befanden, sich später aber in eine andere Richtung entfernten ... nun aber alleine. Das könnte doch gut bedeuten, dass ...«

Liebig unterbrach sie, weil das Telefon klingelte.

»Was gibt es, Doktor Schiller? War es doch Suizid?«

»Wo denken Sie hin? Mein Genie irrt sich nur selten. Ich habe das Geschoss sichergestellt. Darauf fand ich Ablagerungen von Patina, was darauf hindeutet, dass es sich wirklich um alte Munition aus Kriegszeiten handelt. Da das Magazin leer war, kann das nur heißen, dass der Junge mögliche, restliche Munition irgendwo zuvor zu Übungszwecken verballert hat, oder sie auf den Täter abschoss, bevor der den Spieß umdrehen konnte.«

Da Liebig den Lautsprecher des Telefons aktiviert hatte, konnte Rita Momsen mithören, die jetzt reagierte.

»Genau das ist es, was ich Ihnen gerade mitteilen wollte. Entschuldigen Sie, Doktor Schiller, wenn ich einfach so dazwischen quatsche. Die Leute von der Spurensicherung haben noch vier Patronenhülsen in der Nähe des Tatortes gefunden, die absolut sicher zur Tatwaffe gehören. Das dürfte Ihre These bestätigen, dass sich Pastise zuvor gewehrt haben muss. Es ist anzunehmen, dass er die Schüsse auf den Täter abfeuerte. Womöglich hat er dieses Schwein dabei verletzt.

Man behauptet sogar, dass auf dem Weg, kurz vor der Halle ein Kampf stattgefunden hat. Dort ist der Waldboden aufgewühlt. Die letzten Meter müssen die beiden Personen wieder normal gegangen sein. Dann allerdings hintereinander, anstatt, wie vorher nebeneinander. Es bedeutet, dass der Mörder das Opfer schlichtweg hingerichtet hat. Knarre an den Kopf ... peng, vorbei.«

»Was ist denn mit Ihnen los, Rita. Sie reden ja schon wie ein alter Hase, ich meine natürlich eine Häsin. Aber die Schlussfolgerung hat was, das muss ich zugeben. Wie sehen Sie das, Schiller? Ist meine Praktikantin nicht große Klasse? Nun ja, meine Schule.«

In den folgenden Minuten hätte man ohne Weiteres die Deckenbeleuchtung ausschalten können, so sehr strahlte Rita. Gespannt starrte sie auf das Telefon, durch das sich jetzt wieder der Gerichtsmediziner meldete.

»Liebig, geben Sie nicht so an. Sie sind dabei, Ihre Nachfolgerin einzuarbeiten. Wie alt sind Sie eigentlich?

Da müsste doch auch bald die Schlusssirene aufheulen. Ich muss mal ein Wort mit Kriminalrat Rösner wechseln. Der wird sich darüber freuen, wenn er endlich jemanden gefunden hat, bei dem dieser Fall einer schnellen Lösung zugeführt wird.«

Rita musste unwillkürlich das Lachen verbeißen, als ihr Chef spontan die Verbindung unterbrach, indem er die Hand auf den roten Knopf legte. Rita erhob sich und begab sich auf den Weg in ihr kleines Kabuff.

»Halt, kleines Fräulein. Lassen Sie mir bitte den Bericht hier, bevor Sie ihre persönlichen Sachen aus dem Büro holen, um sich hier häuslich einzurichten.«

»Aber ich wollte doch nur ... entschuldigen Sie, Herr Liebig. Es war wirklich nicht meine Absicht, mich da hervorzutun.«

»Da ist nichts mit Entschuldigung, Frau Kommissarin in spe. Holen Sie Ihre Sachen und packen Sie sich an den Schreibtisch da drüben. Da sitzt schon seit ... ja, seit damals kein Kollege mehr. Es wird Zeit, dass ich wieder Vertrauen zu meinen Kollegen entwickle. Machen Sie schon. Willkommen in meinem Team, Frau Momsen.«

Nur sehr langsam kam Bewegung in die junge Frau, die noch immer unter Schock stand und die Entwicklung nicht einordnen konnte. Zögerlich legte sie die Berichte auf Liebigs Tisch und beschäftigte sich immer noch zweifelnd mit dem Packen ihrer wenigen Utensilien. Sie bemerkte nicht den Blick des Hauptkommissars, der zufrieden mit seiner Entscheidung durch das Fenster in den Himmel starrte. Ein Himmel, der heute ein besonders tiefes Blau zeigte.

Kaum hatte Rita Momsen die Schreibtischunterlage ausgerichtet und war im Begriff, die Topfblume auf die Fensterbank zu platzieren, als sie die Stimme ihres Herrn und Gebieters hörte.

»Was ist das?«

»Die nennt man Schampflanze, besser gesagt Aeschynanthus pulcher Mona Lisa. Eine Hängepflanze aus der Familie der ...«

»Halt, Fräulein ... ich meine nicht das Grünzeug, sondern den Brief hier. *Liebe Mama, ich kann dir gar nicht sagen, wie froh ich bin, das Praktikum* ...«

Als wäre sie unter Strom geraten, schoss Rita auf Liebig zu, der triumphierend einen Zettel über seinem Kopf hin und herschwang. Gerade als sie ihn greifen wollte, zog er ihn zurück und zum ersten Mal hörte sie diesen Mann lachen. Etwas geschockt, mit hochrotem Gesicht stand sie nur wenige Zentimeter entfernt von ihm und wusste nicht, wie sie sich verhalten sollte.

»Ich freue mich sehr darüber, dass Ihnen das Praktikum bei uns gefällt. Keine Sorge, Rita, ich habe den Brief nicht weiter gelesen. Bitte sehr, kein Grund für Sie, verlegen zu werden. Grüßen Sie Ihre Mama recht schön von mir.«

Ritas Wut verwandelte sich augenblicklich in Verlegenheit, was sie aber nicht davon abhielt, ihrem Chef den Brief, heftiger als beabsichtigt, aus der Hand zu reißen.

»Ich möchte Ihre Meinung zu folgender Überlegung hören. Also, ich für meinen Teil, bin immer noch davon überzeugt, dass wir den Täter im Kreis der verbliebenen Gruppenmitglieder finden werden. Alles andere würde mich schon sehr wundern und entspräche nicht meinem Bauchgefühl. Ich werde den Verdacht nicht los, dass der Mörder zum finalen Schlag ausholt. Bedenken wir, wie groß der Abstand zu den ersten beiden Tötungen war. Vor einigen Tagen wurde die mutmaßliche Mordserie plötzlich mit einer beängstigenden Intensität fortgeführt. Die Zeiträume dazwischen wurden immer kürzer, was bereits vermuten lässt, dass der Killer seine Entdeckung befürchten muss. Er beseitigt womöglich gefährliche Zeugen. Hat er in jüngster Vergangenheit einen Fehler gemacht, weswegen er derart panisch sein Werk zu Ende bringen will? Seine zuvor wohldurchdachte Vorgehensweise bröckelt, er wird schluderig.«

Rita war den Gedanken Liebigs gefolgt. Sie setzte die kleine Gießkanne ab, mit der sie gerade ihre Schampflanze versorgt hatte. Auch sie genoss den Blick in den Hof, in dem sich ständig Einsatzwagen bewegten. Langsam drehte sie sich um, weil sie den Blick des Chefs in ihrem Rücken spürte.

»Da kann ich nicht widersprechen. Mir ist auch schon die Eile aufgefallen, mit der dieser Verbrecher nun arbeitet. Jetzt mache ich mir extreme Sorgen um die restlichen Mitglieder. Wir können ja stündlich damit rechnen, den nächsten Toten bergen zu müssen. Sie wollen meine Meinung wirklich wissen? Dann will ich Ihnen nicht vorenthalten, dass ich die Menschen am Liebsten in Schutzhaft sehen würde, um sie quasi vor sich selbst zu schützen. Die Frau Beltin sagte doch, dass sich alle heute um Acht bei Ruschtin treffen wollen. Ich muss zugeben, dass ich dabei kein gutes Gefühl habe. Ich kann es nicht erklären, aber ich spüre Gefahr.«

Lediglich vom Flur kamen Geräusche, die der Hausbote mit seinem Rollwagen verursachte. Ansonsten herrschte im Raum gespenstische Ruhe.

»Schon mal was von Telepathie gehört? Ich glaube, dass wir zwei eine geheimnisvolle Verbindung besitzen. Genau das habe ich mir auch gerade gedacht. Es ist oft nicht erklärbar, aber wir sollten viel stärker auf unsere inneren Signale hören. Ich sehe eine große Tragödie auf uns zukommen. Und ich bin nicht bereit, anschließend lediglich aufzuräumen. Ich werde heute Abend mein Programm umschmeißen und diesem konspirativen Treffen beiwohnen ... ob es den Herrschaften passt oder nicht. Wir müssen ja sowieso die Alibis überprüfen.«

»Sollten wir nicht besser auch die Kollegen mitnehmen? Wenn nur wir beide dort auftauchen, könnte das doch zu gefährlich werden.«

»Moment, Fräulein. Kein Mensch hat etwas davon gesagt, dass Sie heute Abend mitgehen. Sie sind eine Praktikantin, die ich keiner Gefahr aussetzen darf. Oh nein, da haben Sie was falsch verstanden. Ich werde allein dahin gehen und den Kollegen lediglich eine Nachricht hinterlassen. Sie kümmern sich in der Zeit um Ihr Wohlergehen. Schnappen Sie sich Ihren Lover und machen Sie sich ein paar schöne Stunden. Das fehlte mir noch, dass ich dort mit einer jugendlichen, und dann noch weiblichen Leibgarde auftauche. Dr. Ruschtin wird mich vor den Augen der Gruppe auslachen.«

»Himmelherrgott, wie konnte ich mich nur so täuschen lassen? Es gab Augenblicke, da habe ich gedacht, dass Sie Ihre verdammte Arroganz abgelegt hätten. Doch jetzt schlägt dieser Macho wieder voll durch. Was soll das werden? Der einsame Held begibt sich mit kaltem Lächeln auf den Lippen in die Tiefen der Hölle, nachdem er seine Allerliebste zu ihrem eigenen Schutz an den Baum gefesselt hat? Später taucht er mit dem toten Bösewicht über der Schulter liegend wieder auf, wirft ihn vor die Füße der Angebeteten. Zum Schluss reitet er einsam in das blutige Abendrot. Das ist krank, mein Herr! Kommen Sie wieder zu sich, Wolverine. Wir drehen hier nicht die zwölfte Folge von X-Men. Sie müssen mir nicht beweisen, dass Sie mich vor Gefahr bewahren können. Genauso wenig bin ich Catwoman. Aber um da aufzutauchen, müssen wir keine Superkräfte besitzen, nur einen gesunden Menschenverstand. Begreifen Sie endlich, dass Frauen nicht zwangsläufig das schwächere Geschlecht sind. Ich kann mich schon gut selbst verteidigen. Wir können das gerne in den nächsten Tagen in der Sporthalle klarstellen. So ... ich habe fertig, Signor!«

Kommissar Spiekermann blieb in der offenen Tür stehen, starrte auf den Hauptkommissar, der sich vor Lachen bog. Während der immer wieder mit der Faust auf die Schreibtischplatte hieb, stand ihm gegenüber eine junge Kollegin, die beide Hände in die Hüften gepresst hielt und mit der Schuhspitze vor ihren Drehstuhl trat. Ihr Schmerzensschrei verstärkte das Lachen des Soko-Leiters. Gerade als Spiekermann, in Unkenntnis der Sachlage, in das Lachen einstimmen wollte, bemerkte er den warnenden Blick, der ihn aus Ritas hochroten Gesicht traf. Das Grinsen fror ein.

»Ach, Spiekermann, gut, dass Sie gerade hier sind. Melden Sie bitte diese ... diese Dame dort drüben«, sein Lachen unterbrach er für einen Augenblick und zeigte schwer atmend auf Rita, »zum Schießtraining an. Obwohl ... eigentlich benötigt sie schon für ihr Mundwerk einen Waffenschein.«

Nun konnte selbst Rita sich nicht zurückhalten. Sie stimmte in den Lachanfall ihres Chefs ein.

»Kommando zurück, Frau Momsen. Sie sagen Ihrem Liebhaber für heute Abend ab. Sie haben einen wichtigen Termin.«

34

Es waren geschätzte einhundert Meter, die sie von Ruschtins Wohnsitz trennten. Rita spürte sehr wohl, dass Liebig sie ständig von der Seite beobachtete, wie er versuchte, sie vor ihrem Besuch bei Ruschtin einzuschätzen. Sie wusste sehr genau, dass es das erste Mal seit dem gewaltsamen Tod seiner Frau war, dass er einen Einsatz in Begleitung durchführte. Von den Kollegen erfuhr sie, dass er damals schwor, sich niemals mehr auf einen Partner zu verlassen. Die feuchte Luft an diesem nasskalten Abend ließ die Scheiben im Wagen schnell beschlagen. Mit ihrem Taschentuch rieb sich Rita immer wieder eine kleine Stelle in der Windschutzscheibe frei, um den Eingang zu diesem herrschaftlichen Gebäude beobachten zu können. Irgendwann warf sie das klatschnasse Tuch genervt in den Fußraum.

War es ihr erster Außenjob, das leicht unheimliche Äußere des Gebäudes, oder die Furcht davor, eventuell etwas Falsches zu tun? Sie spürte eine Aufregung in sich aufsteigen, die sie sich nicht logisch erklären konnte. Rita schrak zusammen, als sich die große Hand des Hauptkommissars für einen Augenblick auf ihre legte und sie leicht drückte. Seine Augen hielt er dabei geschlossen. Er schien ihre innere Unruhe zu spüren, zog seine Hand sofort wieder zurück.

»Bleiben Sie ganz ruhig, Rita. Wir wollen da drin schließlich nur Fragen stellen.«

Immer wieder schielte sie auf das Zifferblatt ihrer übergroßen Armbanduhr. Liebig war schon früher aufgefallen, dass diese relativ zarte Frau Herrenuhren bevorzugte, was ebenso auf die Wahl ihres Eau de Toilette zutraf. Gerade jetzt wehte die herbe Note eines solchen Parfüms zu ihm herüber. Beides passte einfach zu ihr, ging es ihm durch den Kopf. Unwillkürlich sog er den Duft ein, wobei sich die Nasenflügel nur leicht bewegten.

»*Acqua di Gio* von Armani. Den Namen suchten Sie doch gerade, oder?«

Nur das leichte Lächeln um den Mund des Polizisten beantwortete ihre Frage. Bevor er näher darauf eingehen konnte, kam Bewegung in die Szenerie. Zwei Fahrzeuge näherten sich ihnen gleichzeitig und wurden nur wenige Meter von ihnen eingeparkt. Kurz bevor sich Peter Klettke und Ingrid Kläser vor dem Tor zur Villa trafen, stieß noch ein Fahrrad dazu, aus dessen Sattel sich Kerstin Beltin schwang. Die drei unterhielten sich lebhaft, schienen sogar zu streiten, bevor sie gemeinsam, immer noch heftig diskutierend, den Weg zum Haus einschlugen. Peter Liebig war schlagartig hellwach, ergriff den Mantel, den er auf den Rücksitz gelegt hatte. Dabei fiel Ritas Blick auf sein Schulterholster, in dem eine SIG Sauer P6 lauerte, die er bei seinen Einsätzen stets mit sich führen musste. Irgendwann, wenn sie wirklich in den Polizeidienst eintreten sollte, würde sie ebenfalls eine solch schreckliche Waffe tragen müssen. Der Gedanke daran verursachte bei ihr einen Schauer. Beide warteten noch einen Augenblick ab, bis sich die Tür hinter den drei Besuchern schloss. Rita folgte ihrem Chef ohne Zögern, obwohl sich in ihr ein ungutes Gefühl ausbreitete, das sie sich nicht erklären konnte. Der Drang, fortzulaufen, wurde übermächtig, versuchte, sich wie ein Virus auszubreiten. Es beruhigte sie etwas, dass der Hauptkommissar die Kollegen im Präsidium vorsorglich über ihr Vorhaben informiert hatte. Sollte ihnen etwas zustoßen, wüssten die anderen zumindest, wo man sie suchen musste. Ein schwacher Trost, wenn sie darüber nachdachte.

Liebigs Finger ruhte schon auf dem kupfernen Klingelknopf, als er es sich noch einmal überlegte und Rita ein Handzeichen gab, dass sie ihm ums Haus folgen sollte. Sie tat es ihm gleich und schlug den Kragen ihrer Jacke hoch. Leichter Nieselregen wurde vom aufkommenden Wind unangenehm ins Gesicht getrieben. Das stählerne Gartentor war nur angelehnt, verursachte lediglich ein leises Quietschen, als er es vorsichtig öffnete. Eine Lampe, die normalerweise an der Hausecke zum Garten Licht spenden sollte, hatte ihren Dienst eingestellt, was den beiden Eindringlingen zugutekam. Lichtschein, der durch die breite Fensterfront und die Terrassentür drang, erhellte den gepflegt angelegten Garten. Liebig blickte um die Hausecke, versuchte, einen Blick in den Wohnraum zu werfen, in dem er die Versammlung vermutete. Zwei Sesselrücken waren der Terrasse zugewandt, in denen er Kerstin Beltin und Peter Klettke vermutete. Ingrid Kläser saß ihnen direkt gegenüber, während Ruschtin umherwandernd auf alle Anwesenden einredete. Obwohl sich beide bemühten, konnten die Besucher im Garten kein einziges Wort verstehen. Achselzuckend zeigte Liebig seiner Begleitung an, dass sie besser wieder den Rückzug antreten sollten. Während sie an der Hauswand entlangstrichen, lief Peter Liebig auf Rita auf, die abrupt stehengeblieben war. Erstaunt folgte er ihrer ausgestreckten Hand und erkannte jetzt auch das Kellerfenster, das nur angelehnt schien. Scheinbar wissend, was sie ihm damit andeuten wollte, schüttelte er energisch den Kopf und drängte sie weiter Richtung Haustür.

Beide schraken zusammen, als die Eingangstür weit aufgerissen wurde und zwei Personen die drei Stufen fluchtartig hinunterliefen. Unschwer war auszumachen, dass es sich dabei um Kerstin und Peter handelte, die sich kurz darauf noch vor ihren Fahrzeugen unterhielten. Eine starke Erregung war ihnen anzumerken. Minuten später verließen Pkw und Drahtesel die schmale Straße. Das Haus lag wieder in friedlicher Ruhe. Nur das Plätschern des ablaufenden Regenwassers unterbrach die Stille. Als sich das Fenster über Liebig und Momsen leise öffnete und die Stimme des Psychotherapeuten erklang, durchfuhr Rita ein Riesenschreck, sodass sie sich spontan an Liebig festklammerte. Auch der konnte sich nicht davon freimachen, dass ihn diese Situation überraschte.

»Na, das ist aber eine Überraschung. Der Herr Hauptkommissar und seine so attraktive Gehilfin geben mir zu so später Stunde die Ehre. Ja, in der Dunkelheit kann man sich schon einmal verlaufen und den falschen Eingang wählen. Kommen Sie doch durch den Vordereingang herein und leisten Sie uns Gesellschaft. Ich hoffe, dass es nur ein Freundschaftsbesuch ist und sie beide nichts Unangenehmes zu mir führt.«

35

Liebig konnte den Blick sehr gut zuordnen, als Rita Momsen zum ersten Mal der leicht modrige Geruch eines alten Hauses entgegenschlug, in dem der Staub der Geschichte einiger Jahrhunderte versammelt schien. Nicht, dass es unsauber gewesen wäre, aber die vielen Bücher in der Schrankwand und das alte Mobiliar verströmten den ureigenen Duft eines Museums.

»Meine verbliebene Besucherin, Frau Kläser, kennen Sie ja schon aus der Gruppe. Setzen Sie sich ruhig zu ihr. Wir diskutierten gerade die Geschehnisse der letzten Wochen und sind sehr besorgt deshalb. Darf ich Ihnen ebenfalls einen Tee anbieten? Den habe ich aus Nepal mitgebracht. Das bezaubernde, natürliche Aroma hat mich sofort in den Bann gezogen. Den müssen Sie einfach probieren.«

Ohne die Antwort der Gäste abzuwarten, stellte Ruschtin zwei gefüllte Tassen auf den Tisch und den Zuckertopf daneben. Ingrid Kläser nickte höflich, als die beiden Polizisten ihr zur Begrüßung die Hand reichten. Sie balancierte ihre Teetasse aus, als sich Dr. Ruschtin neben sie auf die Couch setzte und die Beine übereinanderschlug.

»Ich muss zugeben, dass ich schon etwas überrascht bin, Sie heute Abend hier vorzufinden. Es ist eine ungewöhnliche Zeit und dann sofort zu zweit. Sie wollen mich doch wohl nicht verhaften?«

Begleitet von einem Lachen streckte er dem Hauptkommissar die Hände entgegen. Der ließ sich nicht anmerken, was er in diesem Augenblick dachte.

»Bevor Sie ein Geständnis ablegen, sollten Sie zuvor Anwalt Faltyn hinzuziehen. Der macht uns ansonsten die Hölle heiß, weil wir Sie ohne sein Wissen verhaftet haben.«

Das erneute Lachen Ruschtins fiel jetzt schon etwas gezwungener aus. Unruhig geworden korrigierte er seine Sitzposition.

»Herr Liebig, Sie sind mir noch eine Antwort schuldig. Was treibt Sie wirklich hierher? Gibt es wichtige Erkenntnisse, die Sie uns mitteilen möchten oder haben Sie weitere Fragen? Ich denke mal nicht, dass es weitere Tote gibt, denn die letzten, die infrage kämen, haben das Haus vor wenigen Minuten quietschlebendig verlassen. Das haben Sie ja selbst verfolgen können. Einzige Ausnahme bildet David, der wird aber bestimmt noch erscheinen. Allerdings haben alle Anwesenden bereits große Sorgen geäußert.«

»Die dürften wohl auch berechtigt sein. Wir haben ihn im Oefter Wald gefunden. Tot! Aber eigentlich trieb mich, das heißt uns, die pure Neugierde hierher. Man wird Ihnen sicherlich berichtet haben, dass wir Kenntnis darüber erhielten, dass hier und heute ein Treffen stattfinden sollte. Nachdem in der Vergangenheit Gewaltverbrechen begangen wurden, möchten wir natürlich wissen, welche Maßnahmen Sie ergreifen wollen, um weitere zu verhindern. Da sind die Möglichkeiten sicherlich begrenzt, es sei denn, Sie begeben sich in Schutzhaft, bis wir den Täter gefunden haben. Das bringt uns aber auch nicht weiter, wenn es jemand aus Ihrem Kreis ist.«

»Das ist ja wohl eine Unverschämtheit. Sie wagen es, diesen angsterfüllten Menschen und ebenso mir zu unterstellen, dass ...«

»... dass ein Mörder unter Ihnen ist«, vervollständigte Liebig den Satz. »Diese Annahme kommt nicht von uns, sondern kam aus Ihrem engeren Kreis. Regen Sie sich also nicht künstlich auf. Niemand hat Sie persönlich angegriffen. Doch kann ich Ihnen die Frage trotzdem nicht ersparen. Wo befanden Sie sich gestern zwischen sechzehn und zwanzig Uhr?«

Ruschtin war aufgesprungen und lief wild gestikulierend durch das große Zimmer.

»Das ist doch einfach nicht wahr. Wir werden einer nach dem anderen abgeschlachtet und unser Herr Liebig versucht, die Opfer zu Tätern abzustempeln. Sie sollten sich schämen. Es wird wohl tatsächlich besser sein, wenn ich Faltyn hinzuziehe. Ingrid, haben Sie das gerade gehört? Es fehlt noch, dass er Sie verdächtigt. Haben Sie ihm auch schon erklären müssen, wo Sie sich gestern aufhielten?«

»Das, mein lieber Herr Ruschtin, hätten wir anschließend auf jeden Fall getan. Doch ich denke, dass wir der Reihe nach vorgehen sollten. Also, wo waren Sie gestern? Ich höre.«

Das Gesicht des Psychotherapeuten hatte die ungesunde Farbe einer überreifen Paprika angenommen, was den Polizisten jedoch nicht beeindruckte. Liebig hatte seinen kleinen Notizblock gezückt und blickte abwartend auf den Mann, der wild in irgendwelchen Unterlagen suchte.

»Ich kann Ihnen sogar noch die Rechnung aus dem Restaurant ...«

»Welches Restaurant, Herr Ruschtin? Wir können auch selbst dort nachfragen.«

Liebig wirkte absolut gelassen und beobachtete fortwährend den jetzt nervös herumwirbelnden Hausherrn.

»Das Restaurant zwischen der Richard-Wagner-Straße und der Rellinghauser Straße. Ich glaube auf der Eleonorenstraße.«

Hier schaltete sich Rita ein und schaffte es, dass Liebig sie verwundert ansah.

»Das ist doch ein Fast Food-Restaurant, wenn ich mich nicht irre. Von denen verwahren Sie die Rechnungen? Das wundert mich jetzt schon.«

»Ich muss sagen, dass ich mich dem nur anschließen kann. Außerdem würde sich wohl kaum jemand an Sie erinnern. Selbst wenn es so wäre, würde der Aufenthalt dort lediglich eine Zeit von vielleicht dreißig Minuten erklären. Was taten Sie in den restlichen dreieinhalb Stunden? Ich kann mir vorstellen, dass es Ihnen nicht gefallen wird, was ich sage, aber vom Restaurant zum Oefter Wald sind es höchstens fünfzehn Minuten mit dem Auto. Es wäre also kein allzu großes Kunststück, sich an der Kasse des Fast Food-Ladens durch auffälliges Verhalten ein passendes Alibi zu verschaffen, trotzdem schnell wieder zu verschwinden. Was mich noch interessiert. Welchen Autotyp fahren Sie eigentlich?«

»Es reicht! Sie haben überzogen, Liebig. Das muss ich mir nicht bieten lassen. Verlassen Sie sofort mein Haus. Und Ihre vorlaute Kollegin ebenfalls. Verschwinden Sie endlich!«

Hauptkommissar Liebig wusste genau, dass er dieser Aufforderung Folge leisten musste, da Ruschtin hier das Hausrecht besaß und er keinerlei stichhaltige Beweise in der Hand hielt. Der Anwalt Faltyn würde ihn in der Luft zerreißen, wenn er der Aufforderung nicht folgen würde.

»Ich möchte Sie dann bitten, Ihre Aussage morgen früh, um zehn Uhr im Präsidium protokollieren zu lassen. Ihnen, Frau Kläser, kann ich das ebenfalls nicht ersparen, dank der unerklärlichen Überreaktion des Herrn Ruschtins. Wir sehen uns also alle morgen in meinem Büro. Bringen Sie Ihren Anwalt ruhig mit.«

36

Die Dunkelheit ließ die Ruschtin-Villa nun im immer noch andauernden Regen gespenstig wirken. Dass jetzt nach einer halben Stunde Ingrid Kläser das Haus immer noch nicht verlassen hatte, hinterließ kein gutes Gefühl bei den beiden im Wagen wartenden Polizisten. Die Front des Hauses war komplett unbeleuchtet. Nur aus den rückwärtigen Fenstern, die zum Garten wiesen, zeigte sich diffuses Licht. Immer wieder wischte Rita den feuchten Beschlag von der Windschutzscheibe, bot Liebig schließlich einen Schokoriegel an. Bisher hatten sie es vermieden, sich über das Gespräch im Haus auszutauschen. Rita hielt es nicht mehr länger aus.

»Sie kennen den Mann ja wesentlich länger als ich und können ihn mit Ihrer Erfahrung besser einschätzen. Warum habe ich Angst vor dem? Erklären Sie mir das.«

»Weil er ein Arschloch ist!«

»Ganz toll, Herr Polizeipräsident. Damit haben Sie mir sehr geholfen. Jetzt weiß ich natürlich Bescheid. Geht es eventuell auch genauer?«

»Was soll ich Ihnen dazu sagen? Es gibt Augenblicke, da muss man sich auf seine Intuition verlassen. Nicht alles im Leben ist mit Logik zu erklären. Als Moses damals sein Volk zum Meer führte, wusste er auch nicht vorher, dass sich der Teich für sie teilen würde. Der muss ein gutes Bauchgefühl gehabt haben.«

»Nein, Chef, der hat einfach an das Wort Gottes geglaubt.«

»Na ja, wenn es so ist, dann tun Sie es jetzt auch. Fragen Sie ihn doch, wenn Sie meine Erklärungen in Zweifel ziehen. Bisher konnte ich mich immer auf meinen Bauch verlassen ... zumindest meistens.«

Während Rita überlegte, ob sie sich weiter mit Grundsatzdebatten rumärgern sollte, nahm ihr die offene Haustür die Entscheidung ab. Ingrid Kläser stolperte fast die Stufen hinunter. Sie hatte sichtlich Schwierigkeiten, ihre Autotür zu öffnen. Rita meinte, dass die Frau etwas unsicher, mit kleinen Schlenkern die Straße hinunter fuhr. Als sie am Seitenfenster des Wagens vorbei kam, verstärkte sich der Eindruck, dass die Frau benommen wirkte. Es konnte an der Witterung liegen, aber Rita selbst stellte schon, seit sie aus dem Haus kamen, ein Schwindelgefühl an sich fest. Gerade als sie Liebig ansprechen wollte, fuhr sich auch der mit der Hand über das Gesicht.

»Haben Sie noch was von dem Mineralwasser da? Mir ist schlecht.«

»Der Tee, Chef. Der Kerl hat uns Drogen verabreicht. Gut, dass wir nur davon genippt haben. Was hatte der vor? Wollte der uns vielleicht ...?«

»Nein, das kann ich mir nicht vorstellen. Der wird doch wohl nicht so bescheuert sein und zwei Bullen beseitigen.

Der muss doch davon ausgehen, dass man weiß, wo wir sind. Das muss ein Versehen gewesen sein.«

Rita kramte in ihrem großen Beutel, den sie sich vorsorglich für einen längeren Aufenthalt gut befüllt hatte. Dankbar nahm Liebig die Wasserflasche entgegen und leerte sie unter den staunenden Blicken seiner Kollegin in einem Zug. Nur ein schiefes Grinsen begleitete das Dankeschön.

»Keine Ursache, Chef. Ich werde jetzt wohl das Kühlwasser trinken müssen.«

»Oh, Verzeihung, habe ich etwa ...?«

»Nein, nein, das war nur ein Scherz. Ich habe noch zwei Flaschen Wasser bei. Was machen wir nun? Ab in die Betten und morgen weitermachen?«

Irritiert betrachtete sie Liebig, der den Wagen verließ und mit hochgeschlagenem Kragen auf das Haus zusteuerte. Spontan sprang sie aus dem Wagen und zerrte an Liebigs Ärmel.

»Was haben Sie vor? Wo gehen wir hin?«

»Sie gehen nirgendwo hin, kleines Fräulein. Sie bleiben im Wagen, bis ich wieder zurück bin. Dauert nicht lange. Zurück mit Ihnen. Ich muss mir nur was ansehen.«

Wenn Liebig glaubte, dass Rita wieder zum Fahrzeug gehen würde, hatte er sich gewaltig getäuscht. Beharrlich hielt sie sich an seiner Seite und blinzelte in den alles durchnässenden Regen.

»Ich sagte, dass Sie ...«

»Ja, Chef, das sagten Sie schon. Ich hab´s ja nicht mit den Ohren. Das offene Kellerfenster ... habe ich recht? Sie wollen dem Kerl unter das Nachthemd gucken. Da mache ich mit, denn ich bin auch neugierig. Bin ja schließlich eine Frau.«

»Wo haben Sie das denn her? Sie sollten definitiv weniger Krimis gucken. Ich kann Sie nicht mitnehmen. Das ist nicht legal, Mädel. Wenn Ihnen was passiert, kann ich meine Altersversorgung vergessen.«

»Sehen Sie, genau deshalb gefällt es mir so. Es ist illegal. Soll ich vorgehen? Ich bin schlanker als Sie ... viel schlanker.«

Das Lächeln in ihrem Gesicht war schon als frech zu bezeichnen, als sie Liebig über den minimalen Bauchansatz strich. Sie waren bereits an dem Kellerfenster angekommen, das Rita nun komplett aufstieß. Sie zuckte zurück, als ihr ein verräterisches Quietschen entgegenschlug.

»Scheiße. Hoffentlich hat uns der Kerl nicht gehört. Ich gehe vor und warte unten auf Sie.«

Sie warf noch einen abschätzenden Blick auf die Maße des Kellerfensters und verglich sie mit dem Leibesumfang des Hauptkommissars. Mit einem *Na ja* ließ sie sich mit den Füßen zuerst in die Schwärze hinabgleiten. Ein leises Poltern, als hätte sie einen Kohlenberg losgetreten, ließ Liebig einen Moment lauschen. Nichts im Haus wies darauf hin, dass der Besitzer auf sie aufmerksam geworden war. Erst beim zweiten Versuch, nachdem er die Luft komplett ausgeatmet hatte, gab auch ihn die Öffnung wieder frei. Orientierungslos tastete er ins Dunkel und erhielt einen Klaps auf die Hand.

»So nicht, mein Herr, das geht mir wirklich zu schnell. Ich bin eine anständige Frau und möchte vorher zum Essen eingeladen werden.«

Liebig konnte nur mit Mühe das Lachen zurückhalten, bevor ihn eine zarte Gestalt aus der Dunkelheit am Jackenärmel zu einer nur schwach erkennbaren Tür zerrte.

»So, mein Fräulein, jetzt ist aber Schluss mit lustig. Sie halten sich bitte hinter mir. Ich gehe vor.«

Es war eine geschmeidige Bewegung, mit der Liebig die Waffe aus dem Holster zog und entsicherte. Rita musste sich eingestehen, dass sie sich dabei sichtlich wohler fühlte. Immer noch war es da, dieses Gefühl der Unsicherheit. Sie konnte nicht erklären, warum der Eindruck nicht schwächer wurde, dass eine große Gefahr auf sie lauerte. Am liebsten wäre sie dem Wunsch gefolgt, einfach umzudrehen und wegzulaufen.

Wieso tue ich das überhaupt? Will ich dem Typ etwa nur imponieren? Wie bescheuert muss man sein, um in ein fremdes Haus einzusteigen?

Rita verlor durch ihre Überlegungen kurzzeitig den Anschluss an ihren Anführer, horchte aufgeregt nach seinen Atemgeräuschen. Nur absolute Schwärze und Stille umgab sie. Der Schreck fuhr ihr durch alle Glieder, als seine leise Stimme plötzlich aus einer Richtung kam, aus der sie es nicht erwartet hätte.

»Warum trödeln Sie hier rum? Passen Sie lieber auf, denn hier drüben ist eine Stufe. Oberhalb habe ich die meisten Spinnennetze entfernen können. Aber da könnten noch einige hängen geblieben sein.«

In Rita richteten sich sämtliche Armhaare auf, als sie auch nur daran dachte, dass eines dieser ekligen Tiere über ihr Gesicht laufen könnte. Bei ihr zählte alles, was mehr als vier Beine besaß, zur Gruppe der Monster. Sie sah das nicht als behandlungswürdige Phobie an, da sie diese Abneigung bei gefühlt fünfhundert Prozent aller Frauen vermutete. Tapfer ignorierte sie den kurzzeitig außer Kontrolle geratenen Herzschlag, suchte Halt an der Wand neben sich. Der spitze Schrei musste nach ihrem Gefühl im gesamten Haus zu hören gewesen sein, als sie den Glibber an ihrer Hand spürte, den der feuchte Schimmel dort hinterließ. Eine mächtige Hand legte sich über ihren Mund und beruhigende Worte, die sie in diesem Augenblick nicht ordnen konnte, verhinderten weitere Gefühlsausbrüche.

»Verdammt, Sie sollten sofort wieder zurückgehen. Sie wecken ja das ganze Haus auf. Wenn der Ruschtin uns hier entdeckt, habe ich morgen Faltyn im Haus. Besser gesagt, der sitzt mit seinem fetten Arsch beim Polizeipräsidenten und fordert meinen Kopf. Und Sie können sich eine Karriere bei der Polizei abschminken. Sie halten sich jetzt mit beiden Händen an mir fest. Und keinen Ton mehr, sonst schneide ich Ihnen die Zunge raus.«

Nur zögernd löste er seine Hand von Ritas Mund, spürte ihr Beben. Erstaunt riss sie die Augen weit auf, als er sie für einen Moment an seine mächtige Brust drückte und ihr über das Haar strich.

»Ist schon wieder gut, Chef. Ich habe mich und diese doofe Angst im Griff. Können wir weitergehen? Hauptsache, es sind keine Sp..., ich meine diese fiesen Viecher mehr da. Gehen Sie vor.«

Nach einem kurzen Stoßseufzer klammerte sie ihre Finger in Liebigs Jacke und setzte vorsichtig einen Fuß vor den anderen. Nichts in ihrer Umgebung lieferte Hinweise darauf, dass sich jemand in ihrer Umgebung aufhielt. Ritas Puls funktionierte wieder im Normalmodus. Immer wieder stießen sie vor Gerümpel, das ihnen im Wege lag oder stand, wobei Rita immer neue Kraftausdrücke von ihrem Vorgesetzten lernte.

Die Steintreppe, die sich plötzlich vor ihnen auftat, stellte sich als bisher größtes Hindernis heraus. Nicht nur, dass der Boden durch Feuchtigkeit glitschig geworden war, verteilte sich rutschiges Moos über alle Stufen. Vorsichtig tastete Peter Liebig in der beängstigenden Dunkelheit danach, um herauszufinden, um wie viele es sich handelte. Endlich stieß er mit den Fingerspitzen gegen eine Holztür, deren Furnier stark aufgequollen war. Nach längerem Suchen fand er die Klinke. In dem Augenblick, als er sie herunterdrücken wollte, war sie da ... diese Stimme. Wieder einmal schrie Rita auf und klammerte sich fester an Liebig.

»Willkommen in meiner kleinen Hölle.«

219

37

Das Schrotgewehr vor Liebigs Augen stellte ein überzeugendes Argument dar, die Arme nach oben zu strecken und sie dort zu belassen. Rita folgte seinem Beispiel, obwohl sie nicht einmal genau erkennen konnte, was ihn dazu zwang. Sie erkannte nur die Stimme des Hausherrn, die allerdings hier unten im Keller einen angsteinflößenden Unterton erhielt, als käme sie aus mehreren verzerrenden Lautsprechern um sie herum. Das wenige Licht, das eine von Spinnweben verhangene Lampe in einiger Entfernung spendete, reichte nicht aus, um die Umgebung klar erkennen zu können. Dennoch spürte sie, dass vor ihnen eine starke Bedrohung existierte.

»Konnten Sie nicht einfach nach Hause fahren und mich in Ruhe meine Arbeit machen lassen? Nein, der so kluge Hauptkommissar Liebig muss der jungen Dame beweisen, aus welch hartem Holz er geschnitzt ist und dass Gesetze nur für andere da sind. Er muss mit ihr ins Abenteuerland einschleichen. Glauben Sie daran, dass Sie dieses anständige Mädchen dadurch schneller ins Bett bekommen? Vielleicht ja ... vielleicht nein. Sie werden es nie mehr herausfinden, glaube ich.«

Es folgte ein Lachen, das selbst dem abgebrühten Polizisten durch Mark und Bein ging. Er überlegte angestrengt, wie es Ruschtin überhaupt schaffte, dass seine Worte den Weg in versteckt angebrachte Lautsprecher fanden. An seinem Kopf war kein Mikro zu erkennen.

»Kommen Sie näher ... hereinspaziert in meine Arena der Wunder. Erleben Sie den Zauber der Magie. Glauben Sie mir, Sie haben bei Weitem noch nicht alles gesehen, was die Zauberei im Köcher bereit hält. Genießen Sie die Vorstellung und seien Sie die Hauptdarsteller.«

Ruschtins Schrotgewehr zeigte Liebig den Weg, tiefer in die verworrenen Gänge des Kellers. Als der Polizist die ersten Schritte gegangen war, stöhnte er auf, da sich der Lauf der Waffe brutal in seine Niere bohrte.

»Nehmen Sie die linke Hand und ziehen Sie nur mit Daumen und Zeigefinger die Waffe aus Ihrem Schulterholster ... ganz langsam, und keine Dummheiten. Sie möchten doch bestimmt nicht, dass ich Ihnen den halben Unterleib wegpuste, oder? Legen Sie die Waffe vorsichtig auf den Mauervorsprung neben sich und gehen weiter auf die vorletzte Tür zu. Nein, Moment noch! Die Smartphones bitte. Beide möchte ich neben der Waffe liegen sehen. Sie, mein Fräulein, werden bestimmt keine Waffe unter dem engen Pulli tragen. Sie halten sich ganz dicht hinter dem doch so mutigen Lover. Ihr seid ein nettes Paar, aber leider viel zu neugierig und dumm. Habt ihr wirklich geglaubt, mich reinlegen zu können?«

Mittlerweile hatte die kleine Gruppe fast das Ende des Flurs erreicht. Liebig stoppte vor der besagten Tür und wartete auf weitere Anweisungen. Sehr genau beobachtete er dabei jede Bewegung seines Gegners, um bei der erstbesten Gelegenheit zuschlagen zu können. Doch der harte Druck der Waffe erinnerte ihn daran, dass so eine Schrotladung auf kurze Entfernung riesige Löcher reißen konnte. Er wagte es noch nicht, eine Frage zu stellen. Wollte abwarten, was der Killer mit ihnen plante.

»Keine Scheu, mein Lieber, öffnen Sie ruhig die Tür. In diesem Haus finden Sie alles unverschlossen. Da gibt es nichts zu verbergen, bis auf Kleinigkeiten.«

Was Ruschtin damit meinte, zeigte sich Liebig auf brutale Art und Weise. Er blieb wie angewurzelt stehen und starrte in das Gesicht von Armin Hölscher. Wie eine Reisetrophäe war dessen Kopf in einer schwach beleuchteten Nische platziert worden. Sein Gesichtsausdruck zeigte ein gewisses Erstaunen, wirkte jedoch, als würde der Mann noch leben. Genau das war es, was Rita dazu trieb, die Hand vor den Mund zu pressen und haltlos zu schreien. Ruschtin, der wortlos hinter ihnen stand, schien die Situation zu genießen, hatte sie wohl auch genau mit diesen Reaktionen geplant. Sein Gesicht verunstaltete ein teuflisches Grinsen.

»Sie kennen sich bereits, habe ich gehört. Sieh mal, Armin, wen ich dir da mitgebracht habe. Hoher Besuch aus dem Essener Morddezernat ... das ist deren bester Mann mit seiner Helferin. Na, ist das nicht eine Überraschung? Freust du dich denn gar nicht, mein Freund?«

Wieder zuckte Rita zusammen, als dieses Lachen ertönte, als käme es aus einer Parallelwelt. Ihre weitaufgerissenen Augen konnten sich nicht von dem Gesicht des ehemaligen Partners von Ruschtin lösen. Jeden Augenblick rechnete sie tatsächlich damit, dass dieser Mund sich öffnen und sie begrüßen würde. Sie tastete nach dem Türpfosten, um sich abzustützen. Ihre Sinne, ihr Verstand wollten sich verabschieden. Der Gewehrkolben, der vorher ihren Handrücken traf, verhinderte das. Als Liebig ihren Schmerzensschrei hörte, wirbelte er herum und stoppte ebenso schnell, als zwei bedrohlich wirkende Rohre genau auf sein Gesicht zielten. Dahinter erkannte er die verzerrte Fratze des Mörders.

»Sie verdammtes Dreckschwein. Hinter einem Gewehr können Sie sich verstecken ... großartig und mutig. Haben Sie damit auch erreichen können, dass sich die jungen Leute selbst umbrachten?«

»Mein Gott, Sie sind ein bedauerlich dummer Mensch. Sie glauben, bereits alles über Gut und Böse zu kennen. Sie empfangen mein tiefstes Bedauern, denn Ihre Vorstellungskraft endet da, wo mein Genie beginnt. Für Sie in Ihrer kleinen Welt sind zwei und zwei einfach nur vier. Wie sinnlos muss Ihr Leben sein, das Sie vertrödeln. Ein wahrer, großer Geist kann Sie jederzeit manipulieren, Ihre Vorstellungen verwirren. Sie sehen nur, was Sie nach meinem Willen sehen sollen. Sie sehen aber nicht, was ich vor Ihnen verberge. Darin liegt die Kunst unserer Magie. Sie waren doch in meiner Show. Haben Sie denn nicht gespürt, dass alles, was Sie sahen, nur Illusionen sind? Kommen Sie weg von hier. Für Menschen wie Sie habe ich einen Extraraum in meinem Kellerbereich.«

Bei diesen Worten lief es selbst Liebig kalt über den Rücken. Er wusste, dass ihm nur noch wenig Zeit blieb, um das Ruder wieder an sich zu reißen. Seine Pistole wusste er im Gürtel des Killers. Diese musste er unbedingt wieder in seinen Besitz bringen, bevor er gefesselt oder sogar getötet wurde.

»Denken Sie gar nicht erst darüber nach, Liebig. Es wird Ihnen nicht gelingen. Ich habe längst bemerkt, worüber Sie grübeln. Bevor Sie auch nur den Versuch starten, habe ich Sie und Ihre Freundin zu den Ahnen geschickt. Jetzt bewegen Sie sich beide in den gegenüberliegenden Raum, und zwar schnell! Ich will nicht die ganze Nacht mit euch vertrödeln.«

Als sich die Tür öffnete, schlug ihnen kalte, modrigfeuchte Luft entgegen. Das eingeschaltete Licht gab den Blick frei auf kahle Wände, an denen der schimmelige Putz größtenteils abgefallen war und auf dem Boden in Wasserlachen vergammelte. Dennoch klar zu erkennen waren die zahlreichen Eisenringe, die in den Wänden eingelassen und an denen lange Ketten befestigt waren. Sie würden hier bis zum Nimmerleinstag verrotten, wenn Ruschtin das wollte.

»Sie wollen uns doch wohl nicht ...?«

»Doch, das will ich. Ich stelle allerdings fest, dass sich Ihre Vorfreude in Grenzen hält. Nehmen Sie sich ein Beispiel an Ihrer Begleitung. Die erträgt ihr Schicksal weitaus tapferer als Sie. Haben Sie schon einen Klagelaut von ihr gehört? Nein. Sie akzeptiert die Machtverteilung für den Augenblick und ergibt sich dem Schicksal.

Tun Sie mir den Gefallen und legen Sie diesem Jammerlappen die Kettenschellen um die Handgelenke. Die rasten von allein ein. Habe ich mir im Internet besorgt. Man stelle sich vor, dass diese Spielzeuge heute in den Schlafzimmern der modernen Pärchen Platz finden. Ekelhaft.«

Während Ruschtin angewidert mit den Augen rollte, schob sich Rita langsam an Liebig heran und griff nach den am Boden liegenden Ketten. Die Schrotflinte zeigte nun unerbittlich auf ihren Rücken. Als die zweite Handfessel zuschnappte, war für Liebig klar, dass er und Rita hier ihre letzte Ruhestätte finden würden.

»Und jetzt zu Ihnen, Fräulein. Legen Sie bitte beide Hände in die Handfessel. Ihnen wird kein Leid zugefügt.«

Das Geräusch der zuschnappenden Fesseln hallte noch nach, als Ruschtin das Schrotgewehr auf eine Holzablage legte und sich auf Rita zubewegte.

»Sie haben mir versprochen, dass Sie mir nichts tun. Bitte nicht ...«

»Ich habe Sie angelogen, Mädchen. Sie sollten wissen, dass ich immer lüge ... schon mein Leben lang.«

Zum dritten Mal verbreitete sich dieses widerliche Lachen in dem relativ kleinen Raum und hinterließ pure Angst in Ritas Gesichtszügen. Ihr Blick war starr auf die vorgestreckten Hände des herangleitenden Ruschtin gerichtet, als der abrupt stoppte. Liebigs Worte fesselten ihn.

»Ich weiß das. Ich meine das mit dem Lügen, Kloppe.«

»Was haben Sie da gerade gesagt? Wie haben Sie mich genannt?«

»Ich sagte Kloppe. Das sind Sie doch, oder? Haben Sie wirklich geglaubt, dass Sie bis in alle Ewigkeit damit durchkommen? Sie haben uns unterschätzt. Die Polizei hat Möglichkeiten, jedes Ihrer Geheimnisse herauszufinden. Und so schwer war es gar nicht. Ihr macht irgendwann immer einen entscheidenden Fehler. Ihren haben Sie eigentlich Ihren Eltern zu verdanken. Ich spreche dabei von diesem großen Muttermal, direkt unter dem rechten Ohr. Das kann auch ihr beschissener Bart nicht komplett verdecken. Auf dem Gruppenbild, das mir Frau Hölscher zur Verfügung stellte, war das deutlich zu sehen.«

»Sie lügen, Sie elender Bastard. Es gibt kein Gruppen-bild, auf dem ich zu sehen bin.«

»Doch, Sie haben nicht alle beseitigen können. Ebenso konnten die Behörden auf Anfrage keinen Visumantrag für Thailand bestätigen, wohin Sie sich angeblich abgesetzt hatten. Wie hieß es damals? Aus Liebeskummer?

Sie konnten es wohl nicht verarbeiten, dass weder Ruschtin noch Hölscher Gefallen an Ihren Avancen fanden. Ruschtin machte den Fehler, Ihnen einen Korb zu geben. Das war dann sein Todesurteil. In ihm hatten Sie den idealen Partner für Ihre sexuellen Vorlieben gefunden. Nur Armin Hölscher stand Ihren gemeinsamen Interessen im Weg. Ich weiß auch, dass Sie kein Patient von Dr. Ruschtin waren, sondern ein Kommilitone, der ebenfalls Psychologie studierte, aber vorzeitig hinwarf. Sie hatten das Glück, Ihr Geld mit Zaubereien verdienen zu können.«

»Verdammt, Armin war ... er war selbst transsexuell. Wir waren bereits ein Paar, als ich Hartmut kennenlernte.

Armin ist durchgeknallt, als er davon erfuhr und hat darauf bestanden, dass ich mich von Hartmut trenne. Ansonsten würde er unsere Beziehung auffliegen lassen. Sie wissen doch so gut wie ich, was das damals für unsere Karrieren bedeutet hätte.«

Liebig musste trotz der vertrackten Lage innerlich darüber lachen, als er Ritas verständnislose Blicke bemerkte, die immer wieder zwischen den beiden Männern hin und her irrten.

»Dann sind Sie gar nicht dieser Dr. Ruschtin? Sie sind ein Scharlatan, der jahrelang diese Rolle spielte. Aber wieso konnten Sie dann mit dieser Sachkenntnis als Gutachter ...«

Liebig unterbrach Rita an dieser Stelle.

»Hat er ja gar nicht. Das geschah ja, bevor Harald Kloppe in die Rolle schlüpfte. Als sich Ruschtin von allen Aufgaben zurückzog, war er längst nicht mehr das Original. In der Univerwaltung konnte ich in Erfahrung bringen, dass Kloppe zwar talentiert, aber auffallend lernfaul war. Das führte dann auch zum Abbruch des Studiums.«

Der falsche Ruschtin stand einem Denkmal gleich in der offenen Tür und verfolgte mit unerbittlichem Hass in den Augen den Dialog seiner Gefangenen. Schließlich machte er unvermittelt einen Schritt rückwärts und war im dunklen Flur verschwunden. Mit einem lauten Scheppern knallte die Tür ins Schloss und umhüllte die jetzt sprachlosen Menschen mit völliger Stille.

38

»Was passiert jetzt mit uns? Lässt er uns hier verhungern? Chef, ich hab Angst ... richtig Angst.«

Ritas Stimme hatte jede Festigkeit verloren, klang verzagt und verzweifelt. Liebig konnte die Tränen, die ihr in der Finsternis des Raumes sicher über die Wangen liefen, förmlich sehen. Auch ihn hatte Mutlosigkeit erfasst. Gleichzeitig quälte ihn der Vorwurf, dieses junge Ding in eine solche Situation hineingezogen zu haben. Ihm fiel keine Floskel ein, mit der er sie hätte aufrichten können. Er bemühte einfach das letzte Fünkchen Hoffnung.

»Man wird uns bereits suchen, Rita. Ich weiß, dass ich mich auf Spiekermann verlassen kann. Die müssen bald hier auftauchen. Ich kann nicht einmal sagen, wie spät wir es haben und ich muss zugeben, dass ich keine Ahnung habe, wie lange wir bereits hier drin sind. Das Einzige, was ich sicher sagen kann ... mir schlafen langsam die Arme ein.«

»Und ich kann mich kaum noch auf den Beinen halten. Setzen kann ich mich auch nicht, weil ich dann in den Ketten hänge. Der ist komplett irre. Dann kann er uns beide doch sofort umbringen.«

»Sehen Sie, Rita, das will er aber nicht. Das Schwein lebt damit seine Lust an Qualen anderer aus. Erschießen wäre ihm wohl zu trivial. Das gibt ihm keinen Kick. Es wundert mich so nebenbei, dass er unseren langen Tod nicht filmt. Dann könnte er sich das jeden Abend ansehen und sich einen runterholen. Oh, entschuldigen Sie ... das ist mir so rausgerutscht.«

Er glaubte, ein kurzes Kichern gehört zu haben, bevor ihm Rita antwortete.

»Machen Sie sich mal keine Gedanken, Chef. Ich bin mit zwei älteren Brüdern großgeworden. Da wird man immun gegen solche Sprüche. Warten Sie. Ich glaube, da war ein Geräusch vor der Tür. Das Schwein macht jetzt bestimmt wahr, was Sie prophezeit haben.«

Kaum hatten die Worte ihren Mund verlassen, als die Tür in den Angeln quietschte und sich schließlich komplett öffnete. Da Rita seitlich des Eingangs an die Wand gefesselt war, konnte sie sich aus dem Gesichtsausdruck und den folgenden Worten ihres Chefs keinen Reim machen.

»Chic ... wirklich chic. Wie darf ich Sie denn jetzt nennen? Ich hoffe nur, dass Ihnen das enge Korsett nichts abschnürt. Sie tragen doch bestimmt eins drunter, oder? Sie wirken auf mich wie ... ja, ich hab´s ... wie Madame Pompadour. Die Klamotten müssen doch ein Vermögen gekostet haben. Und dann erst die pompöse Perücke. Ich muss schon sagen. Wenn ich nicht zu hundert Prozent hetero wäre ...«

»Halten Sie Ihr loses Maul, Sie einfältiger Narr. Sie sind so ahnungslos wie alle diese Stammtischschwätzer. Sie können sich nicht im Traum vorstellen, wie es ist, im falschen Körper geboren worden zu sein. Sie konnten wie ein Junge leben, weil Sie einer sein wollten. Mein Vater hat mich verprügelt, als ich zum ersten Mal das Kommunionkleid meiner Schwester anprobierte. Ich habe ihn dafür gehasst, mein Leben lang. Er hat es jedem erzählt ... auch in der Schule. Sie können sich nicht vorstellen, was die anderen Schüler mit mir angestellt haben. Ja, lachen Sie nur. Ihnen wird es schon früh genug vergehen.«

Kloppe sah zur Seite und ging auf Rita zu, die ihn von oben bis unten musterte.

»Ich würde eher sagen, dass Sie Ähnlichkeit mit Marie-Antoinette aufweisen. Ich tippe auf achtzehntes Jahrhundert, die höfische Mode des Rokoko. So wie Sie auf mich wirken, hätten Sie damals jede Frau am Hof ausgestochen. Was mir allerdings fehlt, wäre eine Rose im Dekolleté, wie man es zu dieser Zeit gerne trug. Sehr elegant, wirklich.«

Erst glaubte Rita, aufkommenden Zorn in den Augen ihres Peinigers erkannt zu haben, was aber Augenblicke später von einem freudigen Lächeln abgelöst wurde. Kloppe hob beide Hände über den Kopf und drehte sich schwungvoll im Kreis. Beendet wurde diese Darbietung mit einem gekonnten Hofknicks. Rita quittierte diese Ehrbezeugung mit einem gnädigen Kopfnicken.

»Wo befindet sich Ihre Handtasche, Madame? Ich denke, dass sich ein entsprechender, mit Blumen bestickter Stoffbeutel im Besitz von Madame befindet. Sie möchte sie bitte holen. Sie müssen vollständig ausgestattet sein, sonst bekommen Sie Punkte abgezogen.«

Komplett verunsichert irrte Kloppe durch den Raum, bis ihm eine Idee durch den Kopf zu schießen schien. Er drückte sein Kleid zusammen und verschwand für wenige Minuten im Flur.

»Was machen Sie da, Rita? Der ist ja völlig von der Rolle. Nicht, dass ich noch Trauzeuge spielen muss. Ich würde sagen, dass ...«

Kloppes erneuter Auftritt unterbrach seine mehr geflüsterten Bemerkungen. *Madame* hatte sich die Schlaufen eines Einkaufsbeutels über den Unterarm gelegt. Auf der freien Seite des Beutels waren in aller Eile mit einem Filzstift irgendwelche Blumen gemalt worden. Das Label einer Supermarktkette schien noch leicht durch. Ein herrschaftliches Lächeln umspielte Kloppes Mund.

»Excellent, Madame. Nun sind Sie hoffähig, ich vergebe die volle Punktzahl.«

Kloppe warf stolz den Kopf in den Nacken und drehte sich mit fast übertriebener Arroganz zu Liebig um. Wortlos glitt sein Blick über den Gefangenen.

»Es ist immer wieder faszinierend, wie unterschiedlich Menschen sein können. Von dieser großartigen Frau, die noch am Beginn eines langen und erfüllten Lebens steht, können Sie viel lernen. Sie erkennt auf Anhieb, wen sie wirklich vor sich hat. Für Menschen wie Sie bin ich doch nur ein Fall für die Klapse. Solche Typen gehören weggesperrt, sie sind psychisch krank. Ist es nicht so? Verdammt noch mal, Sie Irrer, wir haben lediglich eine Störung der Geschlechtsidentität. Werden Sie das jemals akzeptieren können?«

In Peter Liebig baute sich allmählich Zorn auf. Er ballte seine Hände zu Fäusten und zerrte an den Ketten. Sein Gesicht befand sich nur noch wenige Zentimeter vor dem von Kloppe.

»Wollen Sie die Schuld für Ihre ganzen Morde den Menschen in die Schuhe schieben, die Sie nicht so sein ließen, wie Sie gerne wollten? Ist es so? Sie machen es sich zu einfach, gnädige Frau. Ziehen Sie in Gottes Namen Ihre Weiberklamotten an und treten Sie denen öffentlich entgegen, die Sie angeblich dafür verurteilen. Sie sind doch mittlerweile eine bekannte Persönlichkeit, die öffentliche Auftritte liebt. Hätten Sie den Mut gehabt, zu Ihrer Sache zu stehen, so wie es viele andere mittlerweile tun, würden unschuldige, junge Menschen heute noch leben. Die haben Ihnen nichts getan. Sie feiges Arschloch haben sich lediglich an denen gerächt, die sich nicht wehren konnten. Mich kotzt Ihre Scheinheiligkeit an und ich wünsche Ihnen, dass Sie in Ihrem scheiß Korsett ersticken. So, jetzt können Sie auch uns beide umlegen. Ich habe fertig, Signor, um es mit den Worten Trapattonis zu sagen.«

Kloppe schien aus dem Korsett zu platzen, was der tiefrote Kopf noch unterstrich. Wie eine Dampfmaschine ließ er die Luft pfeifend entweichen und wollte Richtung Ausgang stürmen. Rita hielt ihn zurück, indem sie so laut schrie, wie sie nur konnte.

»Nein, kommen Sie um Gottes willen zurück. Er hat es doch nicht so gemeint, wie es sich anhörte. Verstehen Sie auch seinen Standpunkt, Herr Kloppe. Ihm geht es so wie mir. Uns fehlt einfach Ihre Sicht der Dinge. Wir können nicht logisch nachvollziehen, warum Sie ausgerechnet die Menschen töteten, die Ihnen besonders wichtig waren, mit denen Sie sogar eine Leidenschaft verband. Damit meine ich auch Ruschtin und Hölscher.«

Als wäre er gegen eine Wand gelaufen, so stoppte er und flog herum, suchte den Blick der jungen Frau.

»Sie entschuldigen diese überaus bösen Äußerungen eines Menschen, der nur sein Weltbild duldet? Für ihn sind wir alle Monster, die nicht zu einhundert Prozent hetero sind. Für ihn haben wir uns zu weit von der verlogenen Gesellschaft entfernt, die nach der Lehre der Kirchen lebt. Dort leben die Bestien, nicht bei uns. Man will nicht sehen, nicht zugeben, was in den Schlafzimmern dieser Gesellschaft tatsächlich geschieht. Ihr toleriert jede Perversität in euren Betten, sogar, dass Unzucht mit oft eigenen Kindern getrieben wird. Aber jeder wird ans Kreuz genagelt, der von euren, altbackenen Moralvorstellungen abweicht. Wir sind nicht einfach nur anders, nein, wir sind verabscheuungswürdig pervers. Bis heute hat es ein großer Teil dieser verlogenen Stammtischgesellschaft nicht akzeptiert, dass man 1994 endlich den Paragrafen 175 abschaffte, der seit Januar 1872 existierte, also noch Bestandteil des Reichsstrafgesetzbuches war. Man stelle sich vor, dass dies ein Gesetz war, das sexuelle Handlungen zwischen Männern, der widernatürlichen Unzucht mit Tieren gleichstellte. Das war ein- und derselbe Paragraf. Diese Gesellschaft kotzt mich an.«

Rita versuchte, ruhig zu bleiben, unterbrach Kloppe erst, als dieser nach Luft rang.

»Natürlich verstehe ich Ihren Zorn, aber das betrifft ja nur indirekt Ihr Problem. Sie möchten doch Frau sein. Und es rechtfertigt doch nicht Ihre Morde.«

Ohne Rücksicht auf sein Outfit lehnte sich Kloppe an die verschimmelte Wand und ließ sich daran hinuntergleiten, die Hände vor das Gesicht geschlagen. Die Tränen rannen ihm herunter. Nur mit Mühe vernahmen die Polizisten das Geständnis des Mannes, während sein Kleid das modrige Wasser gierig vom Boden aufsaugte.

»Es ist doch immer wieder das Gleiche, glauben Sie mir. Man hat früher alle Schwulen verurteilt, hat sie sogar im Dritten Reich töten lassen. Glauben Sie denn wirklich daran, dass diese von Doktrinen geprägte Welt jemals anerkennen wird, dass Menschen in falschen Körpern geboren werden könnten? Sie können sich nicht vorstellen, wie ich schon als Kind drangsaliert wurde, als man herausbekam, was mit mir los war.«

Liebig war dem Gejammer des Mörders mit einer Mischung aus Mitleid und Abscheu gefolgt. Nun konnte er nicht mehr an sich halten.

»Kloppe, Sie faseln die ganze Zeit um den heißen Brei herum. Wir wollen verstehen, warum Sie Ihren verfluchten Frust gegenüber der Gesellschaft ausgerechnet an Menschen ausließen, die Ihnen vertrauten. Die tragen doch wohl die geringste Schuld an Ihrem Dilemma. Die lebten in der Hoffnung, dass Sie ihnen die Angst nehmen könnten. Ausgerechnet Sie Arschloch, der selbst jede Hilfe benötigt hätte, lieferten ihnen diese vermeintliche Hoffnung. Und was machten Sie? Sie trampelten darauf herum, ließen sie sogar leiden. Warum das? Sagen Sie es uns, bevor Sie auch uns töten. Ich werde in der Hölle mit all denen auf Sie warten, die Sie betrogen haben. Sehen Sie, ich habe keine Angst vor dem Tod. Sie Dreckschwein werden keinen Spaß an meinem Ableben haben. Doch verschonen Sie doch wenigstens diese Frau da, denn sie bringt mehr Verständnis für Ihr scheinbares Leiden auf. Ich bin dazu nicht fähig. Sie sind für mich nur ein feiger, hinterhältiger Mörder.«

Liebig sah in zwei Augenpaare, die aus unterschiedlichen Gründen Unverständnis ausdrückten. Schließlich mühte sich Kloppe wieder umständlich in die Senkrechte, kam unendlich langsam auf Peter Liebig zu. Sein komplett durchnässtes, beschmutztes Kleid hing schlaff an ihm herunter. Erstaunlich ausdruckslos richteten sich seine Augen auf den Hauptkommissar.

»Das werden Sie nie verstehen können, Liebig. Trotzdem sage ich es Ihnen, bevor ich Ihren Wunsch nach dem Ableben erfülle. Diese Menschen in der Selbsthilfegruppe klammerten sich an den Glauben, dass sie irgendwann einmal die Angst überwinden würden, die sie Tag für Tag in einer unerbittlichen Klammer festhielt. Sie wissen doch, dass der Glaube dort beginnt, wo das Wissen endet. Ich bin davon überzeugt, dass es nur die Wenigsten dieser bedauernswerten Wesen wirklich schaffen, die Geißel ihrer Phobie für immer loszuwerden. Sie wird wiederkommen und sie mit voller Gewalt zurück in die Hölle reißen. Ich habe sie davor bewahrt, immer und immer wieder Opfer dieser Angst zu werden. Sie haben es hinter sich, sind nun befreit. Ich bin ihr Retter. Haben Sie das jetzt in Ihren verdammten Polizistenschädel bekommen?

Und was meine beiden Leidensgenossen betrifft, mein Lieber, die haben ihre gerechte Strafe dafür bekommen, dass sie mich gedemütigt haben. Sie hatten meine Liebe nicht verdient.«

Liebig zerrte an seinen Ketten, während sein Kopf rot anlief. Er spuckte Kloppe ins Gesicht.

»Sie sind krank ... Sie sind reif für die Gummizelle. Wie kann man sich nur gottgleich machen? Sie töten, weil Sie glauben, damit Gutes zu tun? Verrotten sollen Sie in einer Zelle, wo man Ihnen die Seele aus dem Leib reißt. Der Tod durch den Strang wäre für Sie viel zu human.«

Der irre Schrei des Psychopathen hallte nun mit mehrfachem Echo durch das Kellergewölbe. Sein Gesicht war zu einer schrecklichen Maske entstellt. Geifer sabberte ihm aus den Mundwinkeln. Mit den Nägeln seiner lackierten Finger fuhr er über Liebigs Hals, der dem Angriff nur teilweise ausweichen konnte. Mit einem weiteren Kreischen ließ Kloppe von seinem Opfer ab und verschwand durch die offenstehende Tür. Nur seine schnellen Schritte in den hochhackigen Schuhen zerteilten die jetzt eintretende Stille des Raumes.

»Was haben Sie getan? Ich war auf dem besten Weg, ihn für uns zu gewinnen. Jetzt wird er uns töten. Ich habe Angst, verdammt.«

»Was erwarten Sie von mir, Rita. Dieses Schwein hat jede Menge Menschen getötet. Und das alles nur, weil die Gesellschaft angeblich seine sexuelle Verirrung nicht toleriert? Er hat es nicht einmal versucht. Schuld waren die anderen, immer die anderen. Ich habe das Argument in meiner Zeit viel zu oft zu hören bekommen. Sie bringen ihren Nachbarn um, weil sie nicht bereit sind, für eigene Unzulänglichkeiten einzustehen. Pfui Teufel, zur Hölle mit diesen Bestien. Und ganz nebenbei ... er hätte uns auf jeden Fall beseitigt. Wir kennen sein Gesicht.«

Der Raum verdunkelte sich zusätzlich, als Kloppes in der Türöffnung auftauchender Körper einen langen Schatten warf. Vielleicht, weil er damit gerechnet hatte, blickte Liebig mit stoischer Ruhe in den Doppellauf der Schrotflinte. Dahinter erschienen die fiebrigen Augen des Killers. Der Speichel verteilte sich über seine untere Gesichtshälfte.

»Schieß doch, du verdammter Teufel! Ich habe keine Angst vor dir!«

Liebig schloss die Augen, schrak heftig zusammen, als der Schuss fiel.

39

»Kommen Sie wieder hoch, Chef. Sie waren ja völlig weg für einen Moment. Das perverse Schwein wird keinen Menschen mehr in den Tod treiben. Der kann sich jetzt vor seinen Opfern für sein Tun rechtfertigen. Verdammt, das war aber knapp. Wieso haben Sie nicht sofort Hilfe angefordert?«

Bevor Peter Liebig antworten konnte, erlöste ihn Rita aus seinem Dilemma.

»Das war anfangs einfach nicht nötig. Wir sind hierher gefahren, weil wir von einer Versammlung erfuhren, und Fragen zu den einzelnen Alibis hatten. Plötzlich drehte dieser Mann durch und zwang uns in den Keller zu gehen. Hauptkommissar Liebig hatte keine Chance, Sie anzurufen oder ein Einsatzkommando. Puh, gut, dass Sie so umsichtig gehandelt haben. Wer weiß, wie das Ganze noch ausgegangen wäre. Aber mal ehrlich ... musste der Mann sofort getötet werden?«

Spiekermann sah sämtliche Polizeibeamten der Reihe nach an, bevor er sein Statement abgab.

»Ich muss zugeben, dass ich etwas vorschnell schoss. Doch als ich diese Schrotflinte sah, habe ich ...«

»Ist schon gut, Spiekermann. Wir haben Ihnen zu danken und werden Entsprechendes zu Protokoll geben. Schließlich handelte es sich hier um Notwehr, zumindest um Abwehr massiver Gewalt gegen einen Polizisten.«

Liebig und Rita Momsen drängten sich durch etliche Reihen von Ermittlungsteams. Einige Meter vor dem Wagen hielt er sie am Ärmel zurück. Erstaunt blickte Rita in Augen, die ehrliche Gefühle ausstrahlten.

»Rita, ich habe zu danken.«

»Tun Sie das besser bei Spiekermann.«

»Nein, nein, das meine ich nicht. Ich spreche von der Sache mit dieser Marie-Antoinette. Wenn Sie ihn damit nicht aufgehalten hätten, gäbe es mich wohl nicht mehr. Dann wären die Kollegen auf jeden Fall zu spät gekommen. Ich möchte ... gehen wir was Essen? Das bin ich Ihnen schuldig.«

Rita hakte sich unter und beide schlenderten lachend auf das Fahrzeug zu.

»Liebig, bleiben Sie sofort stehen!«

Rita Momsen löste sich beinahe panisch aus dem Arm ihres Chefs und blieb wie angewurzelt neben ihm stehen. Beide wussten, dass Rösner hinter ihnen stand und sich nicht mit der Räuberpistole, wie sie Spiekermann servierte, abspeisen lassen würde. Kurz bevor er sie erreichte, drehten sie sich um und starrten verwirrt auf einen Kriminalrat, der ihnen mit weit ausgebreiteten Armen entgegen stürmte. Nur mit Mühe konnte sich Rita das Lachen verbeißen, als sie in die entsetzten Augen Liebigs blickte, der die Umarmung seines Vorgesetzten mit Entsetzen in den

239

Augen ertrug. Sie musste sich abwenden, um nicht doch in schallendes Gelächter auszubrechen.

»Großartig ... ganz großartig, Liebig. Das war Ihr Meisterstück heute. Ich werde sofort den Polizeipräsidenten in Kenntnis darüber setzen, dass wir dieses Tier endlich ...«

»Halt, Herr Kriminalrat, langsam. Erstens war es der Kollege Spiekermann, der ihn zur Hölle schickte und zweitens haben wir die Auflösung des Falles dieser bezaubernden Kollegin zu verdanken.«

Ohne deren Antwort abzuwarten, löste sich Rösner von Liebig und stürzte auf Rita Momsen zu, die Liebig einen drohenden Blick zuwarf. Trotzdem musste sie die Umarmung Rösners und Liebigs Grinsen ebenfalls ertragen.

»Wissen Sie was, Herrschaften? Zur Feier des Tages lade ich Sie beide zum Essen ein. Ist das nicht eine großartige Idee?«

»Ohne Zweifel, Herr Kriminalrat ... ganz großartig.«

– Nachwort –

Liebe Leserinnen und Leser,
hat Sie auch dieses Buch wieder gut
unterhalten können und die erwartete Spannung geliefert?
Das hoffe ich sehr. Weitere Romane aus meiner Feder
finden Sie im Anhang.

Wir Autoren wären oftmals relativ hilflos, wüssten wir
nicht diese wichtigen Helfer im Hintergrund, die vor der
Veröffentlichung eines Buches den strengen Blick auf die
Texte werfen.
Besonderen Dank richte ich dabei an vier
großartige, von mir geschätzte Frauen.
Andrea Schmidt, Sonja Kindler,
Steffi Stoltenberg und Anne Philipps.

Persönliche Anmerkungen und ein Feedback können Sie
mir gerne unter h.c.scherf@gmx.de zukommen lassen.
Sie erhalten garantiert zeitnah eine Antwort von mir.

Aber auch Mitglieder, die bei LovelyBooks aktiv sind,
können sich dort gerne zu meinen Büchern äußern.

Ich würde mich sehr darüber freuen, wenn ich Sie auch in
Zukunft spannend unterhalten dürfte.

Ihr H.C. Scherf

ISBN 978-3752856873

Als Taschenbuch und Ebook in allen Buchhandlungen und Online-Shops.

Inhalt

Als sich die Zellentür für Dirk Rasper nach vielen Jahren vorzeitig öffnet, ahnt Hauptkommissar Klare nicht, welche Welle der Gewalt er damit auslöst. Nach seinen Recherchen saß der Mann über sieben Jahre unschuldig hinter Gittern.

Ein geheimnisvolles Versprechen aus der Vergangenheit band Rasper daran, die ihn möglicherweise entlastende Wahrheit zu verschweigen.

Als der Gefangene aus der Hölle des Strafvollzugs entlassen wird, treibt ihn die Liebe zu seiner kleinen Tochter und der Wunsch nach Rache an.

Es mehren sich Zweifel daran, ob die Entscheidung, den Mann zu entlassen, nicht ein weiterer Fehler war.

Das Grauen findet einen neuen Anfang und endet im überraschenden Showdown.

ISBN 978-3752892178

Band 5 aus der Serie Spelzer/Hollmann

Als Taschenbuch und Ebook in allen Buchhandlungen und Online-Shops.

Inhalt:

Der Frieden ist nur Schein - hinter ihm lauert der Tod

Eine ganze Region zittert vor ihr, obwohl sie Schutz versprach. Eine schöne Frau regiert nach dem Tod des Don unnachgiebig eine italienische Region. Nur einer durchschaut ihr Intrigenspiel, kennt ihr Geheimnis, das sie angreifbar macht. Geduldig wartet er auf den Tag der Abrechnung.
Ein grausamer Mafiakrieg, in den die Gerichtsmedizinerin Karin Hollmann, Hauptkommissar Spelzer und ein Serienkiller unaufhaltsam hineingezogen werden. Sie versuchen, Unschuldige zu schützen.

Obwohl die Handlungsabläufe in sich abgeschlossen sind, empfiehlt es sich, die Bücher in der Reihenfolge zu lesen.

Die Spelzer/Hollmann-Reihe:

ISBN 978-3752877953

Band 4 aus der Serie Spelzer/Hollmann

Als Taschenbuch und Ebook in allen Buchhandlungen und Online-Shops.

Inhalt:

» In mir hat der Satan ein Zuhause gefunden. Tust du nicht das, was ich von dir verlange, wirst du genau ihn von seiner fantasievollsten Seite kennenlernen. «

Die Drohungen treiben dem korrupten Polizisten kalte Schauer über den Rücken.

Während Doktor Karin Hollmann und Oberkommissar Spelzer einen Satanisten verfolgen, der im Ruhrgebiet seine Opfer sucht und findet, versucht der Serienmörder Pehling, an seinem Zufluchtsort neue Gegner abzuwehren.

Aber nur, wenn sich die so unterschiedlichen Weggefährten zusammenschließen, haben sie eine verschwindend geringe Chance. Sie müssen verhindern, dass ein Satansjünger seine Visionen vom Reich des Antichristen verwirklichen kann.

Der Weg dahin fordert einen blutigen Tribut, denn der Gegner scheint nicht von dieser Welt.

Obwohl die Handlungsabläufe in sich abgeschlossen sind, empfiehlt es sich, die Bücher in der Reihenfolge zu lesen.

Die Spelzer/Hollmann-Reihe:

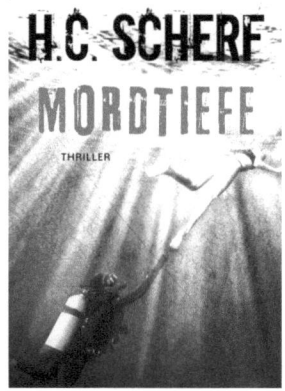

H.C. SCHERF

MORDTIEFE

THRILLER

ISBN 978-3752834215

Band 3 aus der Serie Spelzer/Hollmann

Als Taschenbuch und Ebook in allen Buchhandlungen und Online-Shops.

Inhalt:

»Da unten ist die Hölle«

Die Taucher der Essener Wasserschutzpolizei müssen weit über ihre psychischen Grenzen hinausgehen, als sie das Depot eines Killers in der Tiefe räumen.
Welcher Wahnsinnige versteckt die Toten im Essener Baldeneysee?

Wieder einmal stehen Rechtsmedizinerin Karin Hollmann und ihr Freund, Oberkommissar Sven Spelzer vor Mädchenleichen, die ihnen viele Rätsel aufgeben.

Wie weit geht ein skrupelloser Gangsterboss, um den gewaltsamen Tod seines Bruders zu rächen?

Zwei scheinbar unabhängige Fälle bringen die Ermittler selbst in Lebensgefahr. Ein friedliches Naherholungsgebiet entpuppt sich als Spielwiese für einen irren Mörder.

Obwohl die Handlungsabläufe in sich abgeschlossen sind, empfiehlt es sich, die Bücher in der Reihenfolge zu lesen.

Die Spelzer/Hollmann-Reihe:

ISBN 978-3746055879

Band 2 aus der Serie Spelzer/Hollmann

Als Taschenbuch und Ebook in allen Buchhandlungen und Online-Shops.

Inhalt:

»Der ist definitiv ertrunken. Die haben ihn noch lebend ins Wasser geworfen, dabei nicht mal seine Hände gefesselt.«

Die Aussage der Rechtsmedizinerin Karin Hollmann ist klar und deutlich. Sven Spelzer, mit dem sie schon den Serienmörder Pehling zur Strecke brachte, weiß von Anfang an, wen er für diesen Zeugenmord zur Verantwortung ziehen muss.

Die Soko wurde gebildet, um den ›SERBEN‹, wie sie den Gewaltverbrecher nennen, nach Jahren der Erfolglosigkeit, endlich zur Strecke bringen zu können.

Brutalster Drogen- und Menschenhandel wird ihm zur Last gelegt.

Mögliche Belastungszeugen verschwinden meist spurlos.

Doch wer ist der unsichtbare Helfer im Hintergrund?

Gibt es einen Maulwurf in den Reihen der Polizei?

Wieder werden die beiden Ermittler in einen Einsatz hineingezogen, der sie, wie schon im ersten Band dieser Reihe, an die Grenzen treibt. Als sie bereits an den sicheren Zugriff glauben, hat der Teufel längst die Falle gebaut.

Alle Thriller der Reihe sind zwar abgeschlossen und könnten auch unabhängig voneinander gelesen werden. Doch der Spannungsbogen ist größer, wenn die Reihenfolge eingehalten wird.

ISBN 978-3746067858

Band 1 aus der Serie Spelzer/Hollmann

Als Taschenbuch und Ebook in allen Buchhandlungen und Online-Shops.

Inhalt:

Der Wald rund um die Ruine der Essener Isenburg - eine Oase der Ruhe und des Friedens. Das ändert sich mit dem Fund einer ersten, grausam zugerichteten Leiche.

Kommissar Sven Spelzer, als erfahrener Leiter der Mordkommission, begegnet einem Serienkiller, der präzise seine unvorstellbaren Taten plant.

Der Täter preist seine Morde als Kunstwerke.

Wenn bisher ein System sein Wirken steuerte, so ist es die Gier Außenstehender, die eine unfassbare Lawine der Gewalt auslöst.

Gemeinsam mit der Rechtsmedizinerin Karin Hollmann begibt sich Spelzer auf die Suche nach dem Wahnsinnigen. Sie ahnen nicht, welche Hölle die Bestie schon für sie vorbereitet hat.

Kalendermord - der erste Fall für dieses Ermittlerteam, der sie sofort an ihre Grenzen zwingt.

ISBN 978-3744873024
Als Taschenbuch und Ebook in allen Buchhandlungen und Online-Shops.

Inhalt:

„Gib diese Frau auf, denn die Zeit auf dieser Erde ist endlich ... besonders für sie."

Die Warnung ist eindeutig, die der erfolgreiche Schriftsteller Jan Hellman in dem Umschlag vorfindet.

Niemals wieder hat er eine Verbindung eingehen wollen. Die Trennung von Claudia saß noch wie ein Stachel in seinem Herzen. Sein Single-Dasein war beschlossen.

Doch das Schicksal hatte eigene Pläne gehabt. Sandra veränderte alles.

Jetzt aber hält er diesen Drohbrief in den Händen.

Bei Jan Hellmann und den eingeschalteten Ermittlern keimt der Verdacht, dass ihn der Gegner gut kennen muss.

Lebt der Verursacher dieser Grausamkeiten in einem vertrauten Umfeld?

Ekelige Tierkadaver und weitere Drohbriefe verstärken die Angst.

Perfekt getarnt treibt der Täter sein perfides Spiel. Die Einschläge, die Opfer und Polizei weiter rätseln lassen, kommen immer näher, werden immer brutaler.

Eine Liebe, an deren Erfüllung sich mit jeder gelesenen Seite die Zweifel mehren.

Eine Beziehung, die direkt auf den Vorhof der Hölle zusteuert.

248

H.C. SCHERF

THRILLER

Der Flug der
Libellen

ISBN 978-3744869997

Als Taschenbuch und Ebook in allen Buchhandlungen und Online-Shops.

Inhalt:

Seit Jahren verschwinden Prostituierte im Ruhrgebiet.

Keine Leichen. Keine Spuren.

Nichts kann den Killer aufhalten.

Die erst 10jährige Andrea Lesbe und ihr gleichaltriger Freund leiden schon in der
Schule unter Mobbing. Die Mitschüler machen ihnen das Leben zur Hölle.

Was die Kinder zu diesem Zeitpunkt nicht wissen können:

Ein Hurenmörder beginnt gleichzeitig sein perfides Werk.

Unaufhaltsam verbindet sich ihr Schicksal mit dem des irren Killers.

Als Andrea als Erwachsene wieder in ihre Heimatstadt Essen zieht, trifft sie nicht
nur auf den einstigen treuen Freund.

Sie begegnet auch einem geheimnisvollen Fremden, der sie magisch anzieht.

Hauptkommissar Schlicht ermittelt mit seiner Soko seit 16 Jahren erfolglos im
Fall eines vermissten Kindes und der beängstigenden Mordserie. Erst als der
Killer die Abstände seiner grausamen Taten verkürzt, finden sich erste Spuren.

Damit das Geheimnis um den Serienkiller gelüftet werden kann, müssen die
Beteiligten in den Vorhof zur Hölle hinabsteigen.

Erst dort begegnen sie der grausamen Wahrheit.

»Ein Thriller, der die schmale Kluft zwischen Normalität und dem menschlichen
Wahnsinn spannend beschreibt.«

ISBN 978-3741275203

Als Taschenbuch und Ebook in allen Buchhandlungen und Online-Shops.

Inhalt

Täglich gibt es in Deutschland etwa vierzig Fälle von Kindesmissbrauch. Die
Dunkelziffer ist jedoch höher, denn viele Opfer und ihre Angehörigen
schweigen, aus Scham, aus Angst. Heilt die Zeit diese Wunden? Kann der
Mensch erlittenes Leid vergessen? Tina muss sehr bitter erfahren, was es
bedeutet, wenn Gespenster der Vergangenheit lebendig werden. Wohlbehütet
aufgewachsen, begegnen ihr plötzlich Grausamkeiten, die sie sich nie hätte
vorstellen können. Die Gräueltaten eines Sexualtäters verknüpfen sich unaufhaltsam mit dem Schicksal ihrer Familie.
Ein Thriller, der nicht loslässt. Er nimmt den Leser mit in eine Welt, die
direkt neben uns existiert. Eine Welt, mit der viele Menschen selbst Erfahrungen sammeln mussten und es aus unterschiedlichsten Gründen totschwei-
gen.
Der Autor möchte mit seiner Geschichte nachdenklich machen und zu Diskussionen anregen. Gibt es hier nur Schwarz und Weiß, nur Gut und Böse?
Eine Geschichte, frei erfunden, doch grausam nah an der Realität.

ISBN 978-3741226458

Als Taschenbuch und Ebook in Online-Shops und im Buchhandel

Inhalt:

Als Nicole Manfred Kirchner begegnet, glaubt sie, den Richtigen für ein bleibendes Glück gefunden zu haben. Als das Monster die Maske fallen lässt, ist es schon zu spät. Nicole muss einen sehr hohen Preis bezahlen: Sexueller Missbrauch, grausame Misshandlung und kriminelle Machenschaften treiben Nicole fast in den Freitod.

Ihr Weg kreuzt den eines älteren Mannes. Nun erfährt sie, dass es auch Menschen gibt, die Hilfsbereitschaft und Freundschaft über ihre eigene Sehnsucht nach Liebe stellen. Doch Manfred Kirchner ist nicht der Mann, der sein Opfer so schnell aus den Klauen lässt. Das Schicksal treibt ein makabres Spiel und zwingt zwei Menschen an die Grenze des Zumutbaren.

Wird Nicole sich befreien können? Erkennt sie das wahre Glück und greift danach? Kennt das Glück wirklich kein Erbarmen?

Der Autor lässt den Leser wie schon in seinen beiden vorangegangenen Romanen tief in die dunklen Seiten des menschlichen Zusammenlebens eintauchen und bietet viel Stoff für Diskussionen.

ISBN 978-3741299056

Als Taschenbuch und Ebook in allen Buchhandlungen und Online-Shops.

Inhalt:

Alfred Reimann, dreiunddreißig, Single, gut aussehend, Jungfrau.
Bis heute lief das Leben des liebenswerten Finanzbeamten und seiner Teddy-
dame Bienchen in geordneten Bahnen. Noch weiß er nicht, dass sich dieser
Zustand mit dem Einzug der süßen Nachbarin Verena ändern wird. Ein glück-
licher Umstand führt sie zusammen.
Seine Mutter ist davon alles andere als begeistert, denn in ihren Augen
wollen junge Frauen wie Verena nur das Eine. Und dieses Chaos wird sie zu
verhindern wissen!
Mithilfe von Verena und dem kauzigen Pfarrer Hollerberg stolpert Alfred in
das eine oder andere Abenteuer. Ob er auf den Reisen sein Glück findet,
bleibt abzuwarten ... Ein rasanter Liebesroman mit dem gewissen Schmunzel-
faktor.